KB110441

아무튼, 방콕

아무튼, 방콕

김병운

제철소

차례

어쩌면 가장 피곤한 택시 ____ 6

우리의 임무 우리 자신에 대한 건강 ____ 16

호사와 여유가 여기에 ____ 24

어떤 대화들 1 ____ 34

수영장에는 온통 ____ 42

알맞은 여름 ____ 52

방락의 맛있게 매운 ____ 60

어떤 대화들 2 ____ 70

소설이 될 수 없는 건 ____ 78

타논 실롬 위에서 ____ 88

어쩌다 룸서비스 ____ 96

어떤 대화들 3 ____ 104

올 때마다 테러가 ____ 114

이게 마지막은 아닌데 ____ 124

우리가 우리일 수 있을 때까지 ____ 132

어쩌면 가장 피곤한 택시

방콕은 지금 '그랩(Grab)'이 성업 중인가 보다. 초록색 글자 한가운데 흰색 길을 내어 흡사 도로를 형상화한 듯한 로고가 수완나품 공항 입국장 이곳저곳에 걸려 있다. 수화물 컨베이어벨트 옆 광고판도, 유심 카드를 판매하는 통신사 창구 옆 벽면도 온통 그랩이다. 뭘 그렇게 잡으라고 성화인 건가 싶어 자세히 들여다보니 택시를 잡으라는 거다. 그러니까 우리나라의 '카카오택시' 같은 서비스. 앱으로 출발지와 도착지를 지정하면 택시뿐 아니라 승용차, 오토바이, 배달 차량까지 이용할 수 있단다.

이렇게 대대적으로 한번 써보라는 건 그만한 이유가 있지 않을까 싶지만, H와 나는 늘 그래왔던 것처럼 퍼블릭 택시 승강장이 있는 입국장 1층으로 서둘러 발걸음을 옮긴다. 새로 앱을 깔고 회원 가입을 하고 신용카드 정보를 등록하고 이용법을 숙지하는 등의 연이은 수고를 하기엔 너무 고단하니까. 두 시간 연착으로 인해 수화물을 찾고 휴대폰의 유심 카드를 갈아 끼우니 새벽 3시 반, 한국 시각으로는 5시 반이다. 오랜만의 출국이라고 들떴는지 어젯밤 잠을 설친 데다 앉은 자세로는 도통 잠들지 못하는 탓에 비행기에서도 눈을 붙이지 못했다. 일분일초라도 빨리 예약해둔 호텔로 가서 드러눕고 싶은 마음뿐.

*

우리에게 배정된 택시가 정차 구역에 멈춰 선다. 내심 핑크색을 기대했으나 아쉽게도 초록색이다. 어떻게 택시가 핑크색일 수 있는지 볼 때마다 신기하고 재밌어서—우리나라의 도로에서는 감히 상상도 할 수도 없는 색감이니까.—나는 방콕에 올 때마다 공항에서 시내까지 타고 들어가는 택시의 색깔로 이번 여행의 운을 점쳐보곤 한다. 핑크색 택시를 타면 나이스, 그렇지 않으면 쏘쏘일 거라 생각하는 식의 시답지 않은 미신이랄까.

아무래도 이번에는 쏘쏘인가 보다 하며 기대감을 낮추는데, 쏘쏘면 그나마 다행일 거라는 경고처럼 운전석에서 웬 어르신이 나온다. 깊고 얕은 주름으로 뒤덮인 얼굴에 움푹 꺼져 있는 눈매. 못해도 일흔, 아니 여든은 되어 보인다. 왜소한 몸집에 허리까지 구부정해 도리어 이쪽에서 댁까지 모셔다드려야 할 것 같은 기분. 이런 인상이 나 혼자만의 것은 아닌지 H가 들릴 듯 말 듯한 소리로 아이고 하면서 쓴웃음을 짓는다. 정말 이분에게 운전대를 맡겨도 괜찮을지 반신반의하며 우려의 시선을 주고받는 우리. 이윽고 어르신이 짐을 실어주겠다며 트렁크를 열어 보이지만,

H도 나도 차마 어르신의 힘을 빌릴 수는 없다.

웨아, 유, 고?

목적지를 묻는 어르신에게 나는 휴대폰에 미리 저장해둔 약도를 내민다. 호텔 홈페이지에 게시되어 있던 것으로 태국어와 영어가 병기되어 있다. 호텔이 대로변에 있는 건 아니지만 그렇다고 후미진 곳에 있는 것도 아니니 찾아가기 그리 어렵지는 않을 터.

하지만 어르신은 아무리 봐도 잘 모르겠다는 표정이다. 매직 아이라도 보는 것처럼 안경을 벗고 액정화면을 눈에 붙였다 뗐다 하는데 글자가 잘 안 보여서 모르겠다는 건지, 아니면 읽어봐도 모르겠다는 건지 도통 알 수가 없다. 보다 못한 내가 비티에스 아속, 아속 하고 호텔과 가까운 지상철 역 이름을 여러 번 힘주어 말하자, 그제야 아하, 아속 하고 아는 체를 하는 어르신.

잠시 후 눈을 치켜뜬 어르신이 룸미러에 비친 우리에게 말한다.

파이브헌드레드 밧.

…왓?

파이브, 헌드레드, 밧.

파이브헌드레드?

예스, 파이브헌드레드.

퍼블릭 택시 승강장에서는 흥정이 불가한 것 아니었나. 흥정을 금지하기 위해 만든 것이 퍼블릭 택시 승강장이라고 들었는데….

H는 시간도 늦었으니 그냥 오케이 하자는 입장이지만, 나는 그냥 오케이는 또 내키지가 않는다. 공항에서 아속까지 250밧이면 충분하다는 것을 아는데 이대로 순순히 당하는 건 왠지 자존심이 허락지 않는다. 게다가 이 택시는 너무 낡았다. 방콕에 택시 사업인가가 떨어진 바로 그날부터 운행한 게 아닐까 싶을 만큼 낡아서, 이런 차를 500밧이나 주고 타는 바보가 제발 나는 아니었으면 좋겠다.

그리하여 나는 400밧을 제안한다. 이쪽에서 100밧을 내렸으니 아마도 저쪽에서 다시 50밧을 올릴 것이라는 예상과 함께. 물론 어르신이 곧 죽어도 나는 파이브헌드레드라고 버틴다면 바로 그러세요, 어쩔 수 없지요 하고 꼬리 내릴 생각으로. 어차피 지금 우리에게는 다른 택시를 잡아 탈 여력 같은 건 없으니까.

하지만 어르신은 기다렸다는 듯이 오케이 하더니 곧장 시동을 건다. 처음부터 쓰리헌드레드 밧이나 투헌드레드 밧을 제시했어도 역시나 오케이 했을 것만 같은, 긴장감이라고는 1도 없는 흥정이다. 관성에 따라 매뉴얼대로 말했을 뿐, 사실 어르신은 돈을 조금 더 받고 덜 받는 일에 그닥 관심이 없는 것 같기도 하다.

*

수완나품 공항에서 도심으로 향하는 고속도로 위. 이 길을 달리는 때만큼이나 내가 방콕에 왔다는 사실을 가장 극적으로 체감할 수 있는 순간이 또 있을까. 이국의 낯선 모델이 등장하는 대형 빌보드와 토요타 혹은 혼다로 채워진 차선들, 그리고 내가 이방인이라는 사실을 일깨워주는 택시 기사님과의 대화.

보통 공항에서 출발한 택시 안에서는 이런저런 환대의 대화가 오가길 마련이건만, 어르신은 한 마디도 하지 않는다. 우리가 어디서 왔으며 무슨 일로 왔는지, 태국은 몇 번째 방문이고 좋아하는 태국 음식은 무엇인지 전혀 궁금하지 않은 것 같다. 하긴 여태껏 그게 정말 궁금해서 물었던 기사님은 없을 것 같지만….

까닭 모를 무거운 침묵이 지속되자, 나는 혹시 출발 전 돈을 깎은 일로 어르신의 기분이 상한 건 아닌지 신경이 쓰인다. 100밧이면 우리 돈으로 대략

3300원. 이곳의 생활 물가를 감안해도 적은 금액이기에 도리어 기분이 나쁠 수 있을 것 같다. 그렇다면 나는 돈이 아닌 기분을 흥정한 셈인데, 그 돈이 왠지 모를 이 싸한 침묵을 감수해야 할 만큼 내게 꼭 필요했던 것인가 생각해보면 그건 또 아닌 것 같다. 그냥 깎지 말 걸 하는 후회가 뒤늦게 미치는 걸 보면 역시 나는 하나만 알고 둘은 모르는구나 싶기도 하고.

어쩌면 어르신의 오케이는 오케이가 아니었을지도 모른다는 생각이 스치는 찰나, H가 팔꿈치로 나를 툭툭 친다.

조는 것 같아.

응?

기사님 조는 것 같다고.

….

나는 앉은 자리에서 목을 길게 빼며 운전석을 살핀다. 그러고는 정말이지 꾸벅꾸벅 졸고 있는 어르신을, 무거운 머리를 어떻게든 똑바로 지탱해보려고 애쓰는 어르신을 확인한다. 자꾸 감기는 눈을 뜨고 또 떠보는 어르신….

잠이 쏟아지는데도 가속 페달을 사수하는 어르신 덕분에 택시는 100킬로미터 안팎의 속도를 유지하며 텅 빈 고속도로를 질주하고, H와 나는 그제야 안전벨트를 챙겨 맨다. 이러다 죽는 건 아닌지 덜컥 겁이 나서 어떻게든 어르신을 깨워보려 하는데, 행여나 잘못 놀라게 했다가 더 큰 사고를 부르면 어쩌나 싶어서 어르신의 어깨를 살짝 건드리면서도 조심스럽다.

몇 초 뒤 어르신은 고개를 절레절레 저으며 간신히 잠을 쫓고, 이내 핸들을 고쳐 쥐면서 부드럽게 차선을 바꾼다.

아임 쏘리. 타이어드.

룸미러 속에서 멋쩍게 웃던 어르신이 우리의 반응을 살피며 사과한다. 그러고는 얼른 화제를 돌리려는 듯이 턱짓으로 오른쪽 창밖을 가리킨다.

디스, 방콕, 시티.

어르신의 시선을 따라가 보니 멀찌감치 불을 밝히고 있는 고층 건물들이 하나 둘 보인다. 어느새 살짝 옅어진 듯한 하늘색과 자욱하게 내려 앉은 듯한 밤공기, 그리고 제각기 다른 모양으로 둔탁하게 빛나는 스카이라인까지. 방콕 시내가 멀지 않은 듯하다.

*

아속역 근처에서 한 차례 길을 잘못 들어 조금 돌기

는 했으나, 어쨌든 어르신은 우리를 목적지에 데려다 준다. 구글 맵으로 확인했을 때보다 길이 훨씬 좁고 어둑해서 여기가 맞나, 이런 주택가에 호텔이 있는 게 가능한가 싶었는데, 호텔 이름이 양각으로 새겨진 타원형 간판이 눈에 들어온다.

내가 500밧짜리 지폐를 건네자, 어르신이 주머니에서 꾸깃꾸깃한 지폐를 꺼내 보이며 100밧을 만들어주려고 한다.

노 체인지.

노?

의아한 눈으로 돌아보는 어르신에게 나는 손을 내젓는다. 어쩌면 방콕에서 가장 오래됐을지도 모를, 아니 가장 피곤할지도 모를 이 택시에서 무사히 하차했다는 사실 하나만으로도 100밧은 전혀 아깝지 않으니까.

처음부터 500밧을 약속했더라면 어땠을까. 나는 택시에서 내릴 채비를 하며 생각한다. 어쩌면 어르신은 오늘 밤 일이 수월하게 풀린다는 느낌에 기분이 좋아지지 않았을까. 우리에게 립서비스를 한답시고 자꾸 말을 걸어왔을 것이고, 그렇게 시답지도 않은 대화를 이어가다 보면 졸음이 약간은 가시지 않았을까.

하지만 잠시 후 캐리어를 꺼내주겠다며 차에서 내린 어르신을 똑바로 마주하고 나니 이런 생각이야말로 오만의 소산이구나 싶어서 면구스러워진다. 나무껍질 같은 주름으로 뒤덮인 얼굴과 무거운 것을 짊어진 듯한 구부정한 자세는 어르신의 고단함이라는 게 고작 몇 푼으로 무마될 수 있는 성질이 아니라는 것을 절실히 보여주고 있으니까. 그러니까 이건 오랜 세월 성실하게 쌓아 올린 견고하고 육중한 철옹성 같은 피곤이다. 내가 함부로 재단할 수도 없고 상상할 수도 없는 종류의 피곤.

어르신은 딱딱하게 굳은 표정으로 캐리어 두 개를 단숨에 내려놓고, 나는 어쩐지 내 여독이 겸연쩍고 부끄러워져 적당히 고개를 숙인다.

택시는 우리를 뒤로하고 느릿하게 돌아선다. 그리고 나는 툴툴거리며 힘없이 멀어지는 택시의 뒷모습을 바라보면서, 이 오래되고 피곤한 택시의 다음 목적지가 부디 어르신의 집이었으면 좋겠다고 생각하면서 H에게 말한다.

내일은 그랩을 한번 이용해보자고.

우리의 임무 우리 자신에 대한 건강

'닥터핏(Doctor Feet)'은 수쿰윗 소이 49에 자리한 자그마한 마사지 숍. 그 이름에서 알 수 있듯이 발 마사지가 주력 상품인 가게다. H와 나는 닥터핏에 가기 위해 굳이 택시를 잡아타고 10여 분을 이동한다. 첫날 첫 번째 일정은 당연히 닥터핏 방문으로 일찌감치 정해두었을 정도로 그곳은 우리 두 사람 모두가 좋아하는, 아니, 신봉하는 곳이니까.

하지만 부푼 마음을 안고 도착한 마사지 숍은 만원이다. 평일 오전인데도 1층에 놓여 있는 여덟 개의 목조 의자 전부가 손님으로 가득 차 있는 상황. 혹시 2층에 빈자리가 있을까 싶어 매니저에게 물어보니, 지금은 풀북이어서 따로 예약을 하지 않았다면 최소 한 시간은 기다리는 수밖에 없단다. 영업상이 관광객의 입장에서는 살짝 외진 데다 마지막으로 왔을 때도 다소 한산했던 터라 예약은 딱히 필요 없을 거라 생각했는데, 오늘은 어째 쉬는 손이 하나도 없는 모양이다. 원래 유명했는데 지난번의 우리가 운이 좋았던 건지, 아니면 그 사이에 이름이 난 건지 모르겠다.

게다가 가격표를 보니 한 시간에 400밧. 1년 전보다 50밧이 올랐다. 보통 거리에 있는 마사지 숍의 발 마사지가 한 시간에 250밧인 걸 감안하면 무려

1.5배나 비싼 셈이다.

H와 나는 잠시 시선을 주고받으며 서로의 의사를 확인한다. H는 기다리는 걸 원체 싫어하고, 나는 그런 H 덕분에 언젠가부터 이런 상황에서는 쉽게 단념할 수 있게 되었기에 이대로 돌아서도 그리 이상할 것은 없을 것 같다. 하지만 오늘은 H도 나도 얼마든지 기다리겠다는 마음이다. 왜냐하면 이곳이 이토록 성황인 것도 가격이 오른 것도 충분히 그럴 만하다는 것을 우리는 알고 있으니까. 이곳에 다시 오려고 방콕에 왔다고 해도 거짓은 아닐 만큼 우리는 그동안 닥터핏, 닥터핏 노래를 불렀으니까.

*

닥터핏을 처음 방문한 건 두 해 전 방콕 여행 때였다. 여행의 마지막 날이었고 호텔에서 레이트 체크아웃을 마치고도 출국까지 네댓 시간이 남아서 어떻게든 시간을 때워야 하는 상황이었다. 그때 우리는 여행 내내 마사지를 받았으면서도 머릿속에 떠오르는 게 또 마사지여서, 마사지는 이제 좀 지겹다 싶으면서도 마사지를 받는 것만큼이나 시간이 잘 가는 일도 없는 것 같아서 근처의 새로운 마사지 숍을 검색했다. 그리고 우리가 그 당시 머물던 통로 지역에 있는 닥터 핏을 발견했다. 영업장은 작지만 쾌적해 보였고 무엇보다도 별점이 무척 높았다.

사실 직접 방문해보기 전까지는 살짝 의심스러운 마음도 없지 않았던 것 같다. 마사지는 마사지사의 실력뿐만 아니라 손님 개개인의 컨디션이나 취향도 중요해서 만족도가 천차만별일 수밖에 없는데, 어떻게 한 마사지 숍에 대한 평가가 이토록 호평 일색일 수 있는 건지—레스토랑으로 치면 미슐랭 투 스타다, 팁을 요금만큼 드려도 아깝지 않은 곳이다 등등—의아했던 것이다. 아무리 실력에 자신이 있더라도 가게 이름에서부터 '닥터'를 운운하는 것도 조금 오버 아닌가 싶었고….

하지만 마사지가 시작되자마자 의혹은 말끔히 사라졌다. 닥터핏의 마사지는 손가락 끝이 아닌 중간의 관절을 이용하는 중국식이었는데 스트레칭을 기반으로 흡사 도수 치료 같은 느낌을 주는 태국식과는 달리 묵직한 압력과 상당한 통증이 기본이었다. 도저히 못 견딜 만큼의 무지막지한 통증은 아니고 오히려 견디고 나면 시원해지리라는 걸 예감할 수 있는, 그래서 기꺼이 발을 내맡기고 싶은 통증이랄까. 나는 마사지를 받는 내내 그래, 이분이 진짜 닥터네, 이러다 병이 낫겠네 하면서 감탄했고, 마사지가 끝날 무렵에는 이건 정말이지 내가 그동안 경험했던 모든 마사지를 단숨에 그저 그런 것으로 전락시켜버리는 어나더 레벨의 마사지라는 결론을 내렸다.

그리고 바로 옆자리에서 마사지를 받았던 H 역시 내 감상에 적극적으로 동의했다. 그때 H는 인생 마사지사를 만난 것 같다면서 엄지를 치켜들었는데, 생각해보니 지난 몇 년간 방콕에 올 때마다 도장 깨기 하는 마음으로 소문난 마사지 숍을 찾아다녔던 우리에게 동시에 극찬을 받은 곳은 닥터핏이 유일했다. 우리가 각기 다른 분에게 마사지를 받았음에도 최상급의 감상이 나올 수 있다는 게 신기하기도 했고.

*

이번에 내게 배정된 마사지사는 사십대 초중반으로 보이는 동글동글한 인상의 아주머니다. 그녀와 나는 가볍게 눈인사를 나누고 각자의 역할에 충실할 수 있도록 자리를 고쳐 앉는다. 본격적으로 마사지를 시작하기에 앞서 그녀는 내 어깨에 뜨거운 찜질 베개를 얹어주고, 내가 오랫동안 발을 쭉 뻗은 채로 앉아 있어도 불편하지 않게끔 쿠션으로 기울기를 조정해준다. 그리고 '우리의 임무 우리 자신에 대한 건강'이라고 쓰인 종이 한 장을 건네준다. 아무래도 한국어를 전혀 모르는 분이 번역기를 돌려서 만든 것인 듯하다.

이 종이는 일종의 안내서로, 앞장에는 양 발바닥이, 뒷장에는 발등과 발목이 그려져 있다. 발의 각 부분이 점선으로 세밀하게 조각나 있고, 그곳과 연결된 신체기관명이 번호와 함께 표기되어 있다. 1번은 머리, 2번은 이마굴, 3번은 소뇌, 4번은 뇌하수체… 이 그림에 따르면 발에는 모든 장기의 혈점이 모여 있다.

닥터핏의 마사지는 그날의 내 몸 상태를 체크해준다. 마사지를 받다 보면 간혹 나 죽네 소리가 절로 나올 만큼 까무러치게 이픈 부분이 있는데, 내가 갑작스러운 통증에 놀라서 신음을 내뱉거나 몸을 움츠리면 마사지사가 기다렸다는 듯이 조금 전 지압한 부분이 안내서의 몇 번이었는지를 알려준다. 발의 통증 정도에 기인해 몸의 어디가 안 좋은지 진단해주는 것이다.

그녀에 따르면 오늘 나는 9번과 25번, 35번이 좋지 않다. 9번은 귀, 25번은 소장, 35번은 무릎. 장은 요즘 들어 자주 탈이 나는지라 역시 그렇군 하며 납득하게 되는데 귀와 무릎은 잘 모르겠다. 한 번도

성치 않다고 느껴본 적이 없는 부분이라 좀 갸웃한 느낌도 든다. 하지만 1, 2초 쯤 뒤에 그녀가 보란 듯이 다시 한 번 9번과 35번을 차례로 지압하자 순간적으로 허리가 빳빳해질 만큼 아프다. 맞습니다, 선생님. 저는 귀와 무릎이 좋지 않은가 봅니다 하고 곧바로 인정하지 않을 수 없는 통증의 연속이다.

*

이 가게는 어떻게 이렇게 모든 마사지사의 실력이 출중한 것인지 감탄하며 매니저가 챙겨주는 따뜻한 차를 홀짝이는데, 나보다 조금 늦게 마사지를 마친 H가 내가 앉아 있던 입구 옆 대기석으로 다가온다. 우리는 눈짓으로 마사지가 어땠는지를 묻고 누가 먼저랄 것도 없이, 여기는 의심의 여지가 없다는 듯이 고개를 끄덕여 보인다.

인생 마사지네. 인생 마사지야.

지난번에도 그렇게 말했던 걸 아느냐는 내 물음에 H가 방금 전 인생 마사지가 갱신되었으니 이번이 진짜라며 웃는다. 그러고는 지난번은 생각도 나지 않을 만큼 좋아서 원래 생각했던 팁의 두 배를 드릴 거라며 호들갑을 떤다. 나는 어떻게 해야 이런 극찬에

지지 않을 수 있을지를 고민하다가, 역시 말보단 행동이지 싶어서 H에게 말한다.

내일도 옵시다.

오, 그럴까?

응, 그럽시다.

내일이면 차오프라야 강변 쪽으로 호텔을 옮길 예정이므로 다시 이 동네까지 넘어오는 건 살짝 번거로운 일이 될 것 같지만, 아마도 우리는 기꺼이 수고를 자처할 것이다. 여기는 닥터핏이고 우리는 이곳의 마사지가 그리워 서울에서 날아왔으니까. 그동안 닥터핏, 닥터핏 하고 노래를 불렀던 시간의 총량을 떠올려보면 결코 한 번으로 만족해서는 안 되니까.

계산과 예약을 모두 마친 우리는 한결 가뿐해진 몸과 '우리 자신에 대한 건강을 챙기는 의무'를 다했다는 뿌듯한 마음으로 가게를 나선다. 귀가 좋아졌는지 내일 보자는 매니저의 인사가 또렷하게 들리고 소장이 좋아졌는지 아랫배가 따뜻하다. 발걸음이 가벼운 건 아마도… 무릎이 좋아졌기 때문일 테지. 정말 그런 것인지 아니면 그냥 기분이 그런 것인지 모르겠지만, 뭐 어느 쪽이어도 좋다.

호사와 여유가 여기에

당연한 얘기겠지만 6년 전 처음 이곳에 왔을 때만 해도 우리는 보고 싶은 것도 많고 하고 싶은 것도 많은 열정적인 관광객이었다. 방콕이 초행인 사람들이 대게 그러하듯이 우리 역시 여기저기서 끌어 모은 정보를 토대로 촘촘한 스케줄을 준비했는데, 머무는 동안 그토록 성실히 움직였음에도 여전히 보지 못한 것도 많고 하지 못한 것도 많아서 결국 그 다음 해 한 번 더 관광객 모드로 방콕을 찾아야 했다.

하지만 그 두 번의 피로한 여행 끝에 우리에게 남은 건 휘황찬란한 자태를 자랑하는 왓 프라깨우나 끝없는 미로 같은 짜뚜짝 시장, 이국적이고 오묘한 맛이 나는 타이 푸드 같은 게 아니었다. 그보다는 호텔이었다. 정확히 말하자면 호텔에서 보낸 시간. 호텔에서 잠시 쉬는 동안 느꼈던 여유와 충만.

그때 우리는 말로만 듣던 5성급 브랜드 호텔에 처음 투숙해보았는데, 여행지의 호텔이란 무릇 준비된 일정을 소화하기 위해 씻고 잠만 자는 곳인줄 알았던 우리에게 방콕의 호텔은 그야말로 신선한 충격이었다. 널찍하고 호화로운 객실에 무제한으로 이용 가능한 부대시설, 그리고 우리가 무슨 대단한 사람이라도 되는 양 극진하게 대접해주는 호텔리어의 서비스까지. 방콕에 오기 전까지는 단 한 번도 우리의 몫이라고 생각해보지 못했던 것들이었다. 언젠가 어떤 블로그에서 동남아의 진가를 알게 된 사람은 이제 다른 곳은 쳐다도 보지 않게 된다는 문장을 읽은 적이 있는데, 우리는 그 진가라는 것을 방콕의 호텔에서 발견하게 된 게 아닐까 싶다. 상대적으로 물가가 저렴한 나라를 여행하는 일의 편의와 즐거움은 특히나 호텔 같은 곳에서 빛을 발하곤 하니까.

*

이제 우리는 순전히 호텔을 즐기기 위해 방콕에 온다고 해도 과언이 아닐 만큼 호텔에서 많은 시간을 보낸다. 관광지는 시큰둥해진지 오래여서 외출은 식당이나 카페, 마사지 숍을 찾아갈 때만 하고 때로는 그마저도 하지 않는다. 언젠가부터 우리가 방콕을 관광지가 아닌 휴양지로 여기는 것은 아마도 그래서일 것이다. 온종일 호텔 안에서 책을 읽고 수영을 하고 햇볕을 쬐고 운동을 하며 시간을 흘려보내다 보면 방콕을 여행하기 위해 호텔에 머무는 게 아니라 호텔을 여행하기 위해 방콕에 머무는 것 같은 기분이 들기도 하니까.

　　따라서 우리가 방콕 여행을 준비할 때 가장 공

을 들이는 건 호텔 예약이다. 여행에서 호텔이 차지하는 비중이 절대적이다 보니 호텔이 마음에 들지 않으면 여행 전체를 망치는 것과 진배없는 상황이 연출되기도 해서 날이 갈수록 호텔을 찾고 고르는 일에 신중해지는 것 같다.

물론 선택은 쉽지 않다. 방콕에는 너무 많은 호텔이 있고 거의 모든 호텔에서 어떻게든 손님을 끌기 위해 앞다투어 매력적인 조건을 내걸고 있으니까. 1박만 해도 저녁 6시까지 레이트 체크아웃을 보장해준다거나 2박을 하면 그다음 1박을 무료로 제공해준다거나 3박을 하면 거실이 따로 있는 스위트로 업그레이드를 해주고 이그제큐티브 라운지까지 이용하게 해준다는 식의 프로모션들. 어떤 호텔은 공항과 호텔을 오가는 픽업 샌딩 서비스를, 또 어떤 호텔은 10만 원 상당의 마사지 서비스를 제공해주기도 하는데, 그런 서비스가 룸 컨디션이나 부대시설만큼 중요한 것은 아니지만 어쨌든 한정된 예산 안에서 움직이는 우리로서는 매번 속절없이 그 부수적인 것들에 혹하게 되는 것 같다. 처음부터 가고자 하는 호텔이 확실히 정해져 있는 게 아니라면 필히 그 수많은 선택지 앞에서 갈팡질팡할 수밖에 없는 게 바로 방콕행을 준비하는 사람들만이 느낄 수 있는 묘미가 아닐까 싶기도 하고.

*

이번에 우리가 선택한 호텔은 '샹그릴라(Shangri-la)'. 사판딱신 선착장 바로 옆에 자리하고 있어 보트를 타거나 근처를 지날 때마다 눈여겨보던 곳인데 실제로 투숙하는 건 처음이다. 택시 기사님에게 샹그릴라 하고 말하면 모두가 그 위치를 알고 있을 정도로 역사와 전통을 자랑하는 특급 호텔이지만, 최근 몇 년 사이에 최신식으로 무장한 신생 호텔들에 밀려서 위상도 가격도 많이 내려갔단다.

호텔은 크게 본관인 샹그릴라 윙과 별관인 끄롱텝 윙으로 나뉘어 있고, 우리가 예약한 방은 별관에 있다. 주요 부대시설이 모두 본관에 몰려 있어 동선이 불편할 수도 있지만 전반적으로 본관보다는 별관이 더 좋다는 게 이전 투숙객들의 중평이다.

호텔 입구에 도착하자 보안 검색대가 우리를 맞이한다. 대형 호텔답게 투숙객뿐만 아니라 방문객도 많아서 안전에 신경 쓰는 모양이다. 출입문을 지날 때마다 매번 공항에서처럼 엑스레이 기기에 짐을 통과시키고 금속 탐지기에 몸을 맡겨야 하는 시스템인데—근처의 편의점에 다녀오더라도 처음부터 검문을 받아야 한단다.—그래서인지 마치 호텔에 들어가는 게 국경을 넘는 일처럼 느껴진다. 은근히 번거롭고 묘하게 과시적이랄까. 이쪽과 저쪽을 확실히 구분짓는 듯한 느낌.

그렇게 유난스럽게 입장한 호텔 안은 정말이지 다른 세상 같다. 로비 곳곳이 크고 작은 시각적 스펙터클로 채워져 있고, 그것들을 하나하나 살피다 보니 어느새 다른 시공간에 놓인 듯한 기분마저 든다. H와 나는 체크인 전용 데스크에 앉은 다음에도 로비를 눈에 담기 바쁘다. 3층 높이에 달하는 높다란 유리 천장은 성대하고, 매끈하게 닦인 석조 바닥은 웅장하며, 목조 기옥을 연상케 하는 브런트 인테리어는 고풍스럽다. 생전 처음 보는 듯한 희귀한 모양의 야자수가 실내에 즐비하고 상쾌하고 청량한 향이 부유한다.

하지만 이곳의 정수는 뭐니 뭐니 해도 컨시어지 파트 직원들의 유니폼이라는 게 우리의 최종 결론. 다들 챙이 짧은 사파리 모자에 밑이 축 처진 비단 바지를 맞춰 입고 있는데, 어쩐지 태국 왕실의 번성과 영화를 표현한 그림 속에서나 볼 수 있을 법한 모습이어서 피식 웃지 않을 수가 없다. 이 또한 철 지난

특급 호텔과 제법 잘 어울리는, 역시나 은근히 번거롭고 묘하게 과시적인 서비스가 아닐까 싶다.

*

호텔리어가 객실 문을 열어 보이자, 정면의 커다란 통창으로 빛이 환하게 쏟아져 들어온다. 두터운 유리에 난반사된 빛이 카펫 위로 사각형도 아니고 사다리 꼴도 아닌 기이한 모양을 만들고 있다. 우리는 빠르게 눈을 굴리며 객실 안을 훑어본 다음 창문 앞으로 바짝 다가선다. 그러고는 황톳빛으로 넘실대는 차오프라야 강과 그 위를 느릿하게 지나다니는 각양각색의 보트에 잠시 눈을 둔다. 왼쪽으로는 지상철이 지나다니는 사톤 다리가, 오른쪽으로는 페닌슐라 호텔이, 그리고 정면으로는 막판까지 예약을 고심했던 클랩슨 더 리버 레지던스가 보인다. 이렇게 강변의 풍경이 한눈에 들어오는 객실은 오랜만이어서, 우리는 호텔리어가 등 뒤에 서 있다는 것도 잠시 잊은 채로 멍해진다.

　방콕에 있는 수많은 호텔 가운데 결국 이곳이 낙점된 건 바로 이 전망 때문이었다. 지난 번 방콕에 왔을 때 우리는 객실 전망이 여행의 질을 극단적으로 좌우할 수도 있다는 사실을 새삼 깨닫게 됐는데, 투숙한 방의 전망이 처참할 정도로 형편없었던 터라— 통로 지역에 있는 레지던스였는데 창문의 절반이 옆 건물 벽에 가려진 방에 묵었다.—이번에는 약간의 반발심과 보상심리를 더해 강이 내려다보이는 탁 트인 전망이 절실했던 것이다. 그러므로 전 객실이 리버 뷰라는 샹그릴라 호텔은 일찌감치 우리의 관심을 끌기에 충분했다.

이윽고 호텔리어가 호텔 시설 이용과 관련된 제반 사항을 안내하기 시작하고, 우리는 잠시 그녀의 설명에 집중한다. 조식은 아침 6시 반부터 본관에 있는 메인 레스토랑과 별관에 있는 라운지 모두에서 가능하며, 특히 라운지에서는 조식 뿐 아니라 애프터눈 티와 칵테일도 제공하고 있으니 놓치지 말란다. 예약 사이트에서 이미 여러 번 확인한 내용임에도 마치 처음 듣는 것처럼 경청하고 또 반색하는 H가 어쩐지 가증스러워서 속으로 웃는데, 설명 같은 건 원치 않는 당신들의 마음을 아주 잘 알고 있다는 듯이 그녀가 대뜸 그 밖의 안내 사항이 모두 적혀 있다는 웰컴 레터를 내민다. 그러고는 필요한 게 있으면 언제든 전화를 달라는 마무리 멘트와 함께 객실을 빠져나간다.

*

H와 나는 천천히 객실을 둘러본다. 구김 없는 시트로 뒤덮인 침대는 가로로 누워도 무리가 없을 만큼 큼직하고, 바닥은 물론 벽면까지 석조로 마감한 욕실은 욕조와 샤워부스, 세면대를 각기 다른 공간에 분리해 놓았을 정도로 널찍하다. 사용감이 있는 카펫과 군데군데 칠이 벗겨진 원목 가구, 손때 묻은 집기는 세월의 흔적이 여실하지만, 오히려 그렇기에 가능한 안정감이 있다. 오랜 시간 정성스레 관리되어 온 사물에서만 느껴지는 특유의 차분한 분위기.

평소에 오래된 호텔보다는 신축 호텔을 선호하는 H는 객실이 전반적으로 낡은 것 같다며 조금 아쉽다는 반응이다. 세라믹 재질의 탁상 스탠드와 머리맡 벽면의 패브릭 장식이 특히 마음에 들지 않는 듯하고.

하지만 나는 이 정도면 훌륭하지 않나 싶다. 전망도 그렇고 침구나 욕실도 그렇고 뭐 하나 빠지는 건 없다. 룸 컨디션에 대한 기대가 그리 높지 않았던 탓에 쉽게 만족하는 것일지도 모르지만—지은 지 30여 년 가까이 됐기에 아무리 리노베이션을 했어도 연식이 느껴진다는 후기를 워낙 많이 봤다.—살아남은 것에는 확실히 이유가 있다는 생각이 든다. 나는 별 다섯 개짜리 특급 호텔을 1박에 20만 원도 채 안 되는 가격으로 이용할 수 있는 건 방콕이니까 가능한 일이라고, 그러니 이건 낡고 오래된 것이 아니라 클래식하고 레트로한 것이라고 객실 편을 들어본다.

H가 창가 옆 소파에 앉아 호텔 안내 책자를 넘겨보는 동안, 나는 침대에 비스듬히 누워 창밖을 바라본다. 지금 내 시야에는 옅은 구름이 듬성듬성 퍼져 있는 하늘과 강 건너편의 고층 빌딩이 만들어내는 간결한 스카이라인 뿐이지만, 내게는 이 별것 아닌 풍경 또한 너무나도 방콕이어서 다시금 방콕을 실감하게 된다.

얼마쯤 지났을까. 왜 웃고 있느냐는 H의 말을 듣고 나서야 나는 내가 혼자 히죽거리고 있다는 것을 깨닫는다. 단 며칠뿐이지만 우리가 누릴 수 있고 누려야 하는 호사와 여유가 이 객실 안에 있다.

어떤 대화들 1

수쿰윗 소이 49에서

마사지를 받고 프롬퐁역을 향해 걷는 H와 나.

나 : 아까 나더러 한국인이냐고 묻는 거야.

H : 누가?

나 : 그 아주머니 말이야, 나 담당해주셨던 마사지사. 아이스 브레이킹 같은 건지 한국에서 왔느냐고 물어보더라고. 그러더니 대뜸 자기는 한국이 좋다는 거야.

H : 한국이 좋다고? 왜?

나 : 한국 드라마를 즐겨보신대.

H : 아, 한류.

나 : 응, 근데 내가 거기서 아, 그러시구나, 한국을 좋아하시는구나 하고 그냥 넘어갔으면 됐는데 괜히 말을 더 하고 싶었는지 저는 한국이 싫어요, 한국보다는 태국이 더 좋아요 해버린 거지. 그랬더니 그분이 자기는 아니라고, 자기는 태국은 또 싫다고 고개를 젓더라고. 그래서 물어봤어. 왜 싫은데요? 그때 아주머니가 뭐라고 대답했는지 알아?

H : 뭐라고?

나 : 라이프 노노, 드라마 오케이, 라이프 노노,
트래블 오케이.

*

호텔 수영장에서

우리가 누워 있는 선베드 옆으로 중년의 서양인 부부
와 그들의 친구로 보이는 서양인 남성, 그리고 그 남
성의 데이트 상대인 듯한 젊은 태국인 여성이 자리
를 잡는다. 이 도시에서 나이가 지긋한 서양인 남성
이 자기 딸뻘인 현지인 여성과 동행하는 모습은 이제
그리 낯설지 않지만, 수십 년은 동고동락했을 것 같
은 부부가 누가 봐도 만남의 목적이 빤해 보이는 이
런 커플과 어울리는 건 어쩐지 좀 생경한 장면이다.
　　잠시 후 자신의 데이트 상대와 함께 앞서거니
뒤서거니 하며 풀장 안에서 즐거운 시간을 보내던 서
양인 남성이 선베드에 있는 부부를 소리쳐 부른다.
물살을 살짝 튕겨 보이기도 하고 손을 머리 위로 흔
들기도 하면서 어서 들어오라고 성화다. 하지만 부부
는 반갑게 손을 들어 보이면서도 풀장 안으로 들어가
지는 않는다. 애초에 물놀이 생각은 없었는지 휴대폰

을 만지작거리거나 책장을 넘겨볼 뿐이다.

풀장의 남녀를 눈에 담는데 문득 이런 생각이 스친다. 어쩌면 저들은 보이는 것처럼 뻔한 관계는 아닐지도 모른다는 생각. 내가 지독한 편견 속에서 두 사람을 겉모습만으로 함부로 단정했을지도 모른다는 생각.

하지만 생각이 거기까지 닿았을 때 내 안에서 또 다른 질문이 고개를 든다. 저들을 굳이 사실혼이나 연인 관계로 상상해야만 비로소 안심이 되는 이 마음의 정체는 무엇일까. 나와는 1도 상관이 없으며 앞으로 영영 없을 게 분명한 저들에게 나는 왜 관심을 끄지 못하는 것인가.

너나면 이국에서도 어김없이 작동하는 도덕적 강박과 엄숙주의가 지긋지긋해지려는 찰나, H가 속삭인다.

H : 방금 들었어?

나 : 뭐를?

H : 옆에 아줌마가 남편한테 하는 말.

나 : 왜? 뭐라는데?

H : He's pathetic. So pathetic.

*

호텔 식당에서

몇 해 전 방콕 여행 중에 우연히 H의 대학 선배와 마주친 적이 있다. 아니, 정확히 말하자면 마주친 건 아니고 H가 일방적으로 그 선배라는 사람을 발견했던 것. 그러니까 H만 그쪽을 알아보고 그쪽은 아직 H를 알아보지 못한 상황. 호텔 식당에서 벌어진 일이었고 우리는 이제 막 아침을 먹으려던 참이었다.

저 사람이 왜 여기 있는 건데? 어째서 같은 호텔인 건데? 순간 사색이 된 H는 손차양으로 얼굴을 가리더니 안절부절못했고, 결국 몇 번 뜨지도 않은 수저를 그대로 내려놓고는 먼저 방으로 달아났다. 식당이 그리 크지 않아서 저쪽에서 이쪽을 발견하는 건 시간문제였고, 어떻게든 마주치지 않으려면 황급히 자리를 뜨는 것 말고는 다른 방법이 없었다.

그때 홀로 남겨진 식당 안에서 나는 비참했고 화가 났지만, 결국 H를 탓하거나 책망할 수는 없었다. 왜냐하면 우리는 우리를 들키지 않으려고 조심하는 것이 일상인 사람들이니까. 내가 H였더라도 똑같이 행동했으리라는 것을, 그것이 우리의 현재이자 한

계라는 것을 나는 모르지 않았으니까. H를 이해할 수
밖에 없고 이해해야만 하는 상황들.

하지만 이해가 된다고 해서 그 일이 깔끔하게
잊히는 건 또 아니어서, 나는 방콕에 올 때마다 어김
없이 그날을 끄집어낸다. 서운한 마음 같은 건 이제
남아 있지 않다고 생각하는데도 어째서인지 입을 열
면 서운함뿐이고.

나 : 아니, 어떻게 그렇게 가버릴 수가 있냐고.
나를 혼자 남겨두고.

H : 뭔 소리?

나 : 그때 말이야. 그 대학 선배라는 사람이랑
마주칠 뻔했을 때.

H : 대학 선배? 무슨 대학 선배?

나 : 거기에 그렇게 먹다 남은 음식이랑 같이 버
려진 내 기분은 어땠을지 생각해봤니?

H : 미안한데… 무슨 말을 하는 건지 모르겠어.
버려졌어?

나 : ….

H : 혹시… 내가 기억을 잃은 그날을 말하는 건
가?

나 : 아, 이제부터 기억을 잃기로 했나 봐? 편리

하네.

H : 맞아.

*

타논 짜른끄룽에서

거리마다 푸미폰 국왕을 추모하는 사진이 걸려 있다. 꽃을 놓고 묵념할 수 있는 제단도 심심치 않게 보인다. 국왕이 서거한 지 거의 1년이 다 되어가는데도 추모의 열기는 여전하다.

나 : 도대체 어떤 존재였기에 이렇게 전 국민이 애도하는 거지?

H : 추모 기간만 1년이라잖아.

나 : 1년이나?

H : 응, 예전에 뉴스에서 어떤 여성이 국왕을 추모하기 위해 숫자 9를 타투로 새기는 것도 봤어. 국왕이 차끄리 왕조 9대 왕이라서 9를 새기는 거래.

나 : 대단하네.

H : 그치.

나 : 근데 그게 이해가 돼? 가족이나 연인, 친구
도 아닌데 그렇게까지 한다는 게?

H : 글쎄, 우리는 알 수 없지. 왕을 경험해본 적
이 없으니까. 근데 말이야, 나는 그 뉴스를 보면
서 이 나라 사람들이 부러웠어.

나 : 뭐가? 왕이 있는 게?

H : 아니, 그만큼 사랑하고 존경할 수 있는 존
재가 있다는 게.

수영장에는 온통

수영장 한가운데에 떠 있는 핑크색 플라밍고 튜브를 본 순간 알았다. 아, 망했구나. 여기는 내가 바랐던 한적하고 여유로운 이국의 호텔 수영장이 아니구나.

튜브의 주인은 입구 쪽 선베드를 점령한 3인 가족. 누가 봐도 한 가족이라는 걸 알 수 있을 만큼 닮았건만 그걸로는 부족하다는 듯이 검은색 래시가드까지 맞춰 입고 있다. 멀리서도 단숨에 시선을 사로잡을 만큼 큰소리가 오가는 게 적잖이 소란스럽다. 무슨 일인가 싶어 슬쩍 쳐다보니 예닐곱 살 쯤 되어 보이는 남자 아이와 부모가 실랑이 중이다. 그만 가자와 더 놀자의 팽팽한 기싸움. 아이는 엄마와 아빠를 차례로 잡아끌면서 풀장 안으로 다시 들어가자고 떼를 쓰고, 부모는 오늘은 그만, 그만 하면서 아이를 어르고 달랜다. 저렇게까지 원하는데 더 놀아주면 안 되나 싶지만, 중노동을 마친 듯한 부모의 피로한 분위기가 아이의 에너지를 짐작케 한다.

입구를 등지고 안쪽으로 조금 더 들어가자, 손바닥만 한 수영복을 입고 열심히 사진을 찍는 커플도 보인다. 몸매를 보아하니 운동이 일상, 아니 직업인 사람들 같다. 사이좋게 번갈아 가며 풀장을 배경으로 포즈를 취하고 사진을 찍고 방금 찍은 사진을 확인하는 두 사람. 내가 저런 몸매라면 아무렇게나 찍어도 다 오케이일 텐데, 두 사람은 그건 또 아닌지 다시 처음으로 돌아가 포즈를 취하고 사진을 찍고 방금 찍은 사진을 확인한다. 최고의 한 컷을 건질 때까지 무한 반복할 것만 같은 기세. 아까부터 어디선가 '볼빨간 사춘기' 노래가 들려서 의아했는데, 알고 보니 이 커플이 챙겨온 블루투스 스피커에서 흘러나오는 소리다.

나는 조용한 자리를 물색하다가 가장 구석진 곳으로 향한다. 옆옆자리에 중국인으로 보이는 젊은 모녀가 있으므로 그닥 외떨어진 느낌은 아니지만, 이 수영장에서 그나마 조용하고 '안 한국' 같은 자리는 여기뿐인 것 같다. 뒤편으로 담처럼 펼쳐져 있는 관목 때문인지 일단 앉고 보니 아늑한 느낌도 없지 않다.

하지만 옆옆자리의 모녀가 중국인이 아니라는 것을, 그들 또한 친애하는 나의 동포라는 것을 알아차리기까지는 그리 오랜 시간이 필요치 않다. 모녀 중 모가 읽고 있는 책 표지에 한글이 쓰여 있기 때문이다. 얼마 전 문재인 대통령의 추천으로 베스트셀러가 되었다는 『명견만리』. 이번 여행 기간에 완독하겠다며 H도 가방 속에 챙겨온 바로 그 책이다.

그러니까 지금, 한낮의 태양이 머리 위에서 작

열하는 이 수영장에는 온통 한국인뿐이다. 앞에도 한국인, 뒤에도 한국인, 옆에도 한국인, 그리고 나도 한국인. 지금 내가 있는 곳이 가평 펜션 수영장인지 방콕 호텔 수영장인지 모르겠다.

*

나는 한국인이 많은 수영장에서는 어디가 고장 난 것처럼 부자연스러워지곤 한다. 다른 인종이나 다른 국적 사람들과 섞여 있을 때는 그나마 좀 나은 듯한데, 어째서인지 한국인들에게 둘러싸여 있을 때는 곧잘 움츠러들거나 얼어버린다. 한국인이 내게는 크립토나이트라도 되는 양 영 맥을 못춘달까.

　　아니, 실은 그 반대가 보다 정확한 내 상태일지도 모르겠다. 신경이 곤두서고 긴장이 높아지는 느낌. 오히려 온몸의 세포가 깨어나고 생각이 과열되어서 오작동이 일어나는 것 같은 느낌.

　　내가 한국인들 앞에서 옷을 잘 벗지 못하는 건 아마도 그래서일 것이다. 저기 저 시선의 주인이 한국인이라는 판단이 들면 일단 내가 어떻게 보일지부터 신경 쓰게 되니까. 아무렴 어때, 보든지 말든지 하고 마음을 다잡다가도 막상 탈의의 순간이 오면 내 몸이 평가의 대상이 될까봐 주저하게 되니까.

풀장에서 수영을 할 때나 선베드에서 책을 읽을 때도 상황은 다르지 않다. 지금 여기에 나 말고 다른 한국인이 있다는 사실을 인지하는 순간부터 나는 급격히 산만해지는데, 누군가 내 어설픈 수영 실력을 비웃지 않을까 싶어서 혹은 내가 읽고 있는 책으로 나를 함부로 판단하지 않을까 싶어서 괜히 눈치를 살피는 것이다.

물론 내가 쓸데없이 피곤하게 산다는 것을 나도 안다. 지나친 자기애와 부족한 자존감의 컬래버레이션으로 망상을 하고 있다는 것도 알고 있고, 실은 내게 별 관심도 없는 이들의 시선을 억지로 끌어다 상상의 감옥을 만들고 있다는 것 또한 알고 있다. 그래, 내가 그들을 쳐다본다고 해서 그들에게 관심이 있는 게 아니듯, 그들 역시 나를 쳐다본다고 해서 내게 관심이 있는 건 아니지.

하지만 그 모든 걸 안다고 해서 실재하는 시선을 깡그리 무시해버릴 수는 없는 노릇이어서, 그러니까 그게 진짜 관심은 아니라고 해서 엄연히 존재하는 불편에 무감해질 수는 없는 노릇이어서, 나는 수영장에 있을 때면 속절없이 주변 사람들의 면면을 살핀다. 마음 같아서는 나를 둘러싼 방어기제들을 모두

깨부수고 머릿속을 하얗게 비워내고 싶지만 그건 어디까지나 마음일 뿐, 결국 남을 의식하느라 값비싼 휴식을 야금야금 망치는 것이 나의 현실. 선베드에 비스듬히 누운 채로 저기 저 한국인은 언제쯤 퇴장하려나 눈동자나 굴려보면서. 한국인이 한 사람이라도 줄어들면 그래도 숨통이 좀 트이지 않을까 가늠해보면서….

*

아무래도 나는 내심 이 수영장이 일종의 도피처가 되어주길 바랐던 것 같다. 이곳은 남과 나를 비교하며 일희일비하는 내 일상과는 동떨어져 있는 곳이기를, 타인의 기준이나 기대, 평가 같은 것은 통용될 수 없는 곳이기를 바랐던 것 같다. 남이 아닌 나 자신에게만 오롯이 집중할 수 있는 충전의 시간. 내가 나라는 사실을 일깨워주는 그 모든 것과 단절하는 비움의 시간. 나는 그런 것을 기대했던 것 같고 그런 것을 원했던 것 같다. 아마도 나는 그랬던 것 같다.

그리고 이러한 바람은 나 혼자만의 것은 아니었을 것이다. 래시가드를 맞춰 입은 저 가족도, 손바닥만 한 수영복이 잘 어울리는 저 커플도, 좀처럼 책에서 눈을 떼지 않는 저 모녀도 분명히 내가 원하는 것과 비슷한 것을 원해 방콕에 왔을 것이고, 내가 기대하는 것과 비슷한 것을 기대해 이 호텔 수영장에 자리를 잡았을 것이다. 여기까지 왔다는 건 환기가 절실했다는 뜻이니까. 정도의 차이야 있겠지만 뭔가 다른 것을 꿈꿨다는 뜻이니까.

한국과는 다른 것. 한국을 벗어났음을 실감할 수 있는 것. 한국이 아니기에 비로소 가능한 내가 되어보는 것. 우리는 적어도 여기 있는 동안에는 잠시나마 새로워질 수 있기를 기대했을 것이다. 우리를 옭아매던 것들로부터 자유로워질 수 있기를 바랐을 것이고, 그간 살아내느라 지친 몸과 마음을 추스를 수 있기를 원했을 것이다.

*

저기 저 '래시가드 가족'은 일본인이고, 저기 저 '모델 커플'은 중국인이며, 내 옆옆의 '독서 모녀'는 홍콩인이라고, 그러니 더는 신경 쓰지 말고 그만 풀장 안으로 들어가보자고 스스로를 채근하는데, 갑자기 수영장 전체가 떠들썩해진다. 모두의 눈이 일제히 입구 쪽으로 향하지 않을 수 없을 정도로 요란스럽다.

시선의 끝에는 중국인 대가족이 있다. 하나, 둘, 셋, 넷… 모두 여덟 명이나 된다. 그중 몇몇이 왠지 좀 눈에 익는다 싶더니, 오늘 아침 조식당에서도 꽤나 시끄러웠던 사람들이다. 입장 시간이 지났는데도 막무가내로 밀고 들어와서는 한참 정리 중인 음식을 마구잡이로 퍼 날랐던 바로 그 가족. 아이들은 아이들대로 어른들은 어른들대로 극성이어서 남아 있던 사람들을 서둘러 일어서게 했지.

이들은 수영장에서도 야단법석이다. 사내아이 셋은 새된 소리를 내며 엉겨 붙고, 할머니와 며느리는 대화를 하는 건지 싸우는 건지 분간이 안될 만큼 서로에게 언성을 높이며, 할아버지는 몰래 나무 뒤에서 담배를 피우려다 안전 요원에게 주의를 받는다. 모두가 못마땅해 하는데도 전혀 굴하지 않아서, 어떻게 이렇게까지 무신경할 수 있는 건지 그 비결을 묻고 싶어진다.

얼마나 지났을까. 내 옆자리의 독서 모녀가 먼저 수영장을 빠져나간다. 그리고 머지않아 래시가드 가족도 자리를 정리한다. 오랜 시간의 일광욕에 지쳐서 일어난 것일 수도 있고 열심히 물놀이를 하고 나니 허기가 져 퇴장하는 것일 수도 있지만, 어쨌든 사람들이 하나둘 수영장을 떠나는 건 이들 중국인 대가

족의 등장과 무관하지는 않은 것 같다.

하지만 나는 지금 이 순간만큼은, 여기 이곳에 데우스 엑스 마키나처럼 강림해 한국인을 몰아내준 이 가족이 싫지 않다. 아니, 싫지 않은 정도가 아니라 살짝 마음에 들기까지 한다. 이들의 등장으로 비로소 이곳은 가평 펜션 수영장이 아닌 방콕 호텔 수영장 되었으니까. 한동안 적잖이 시끄럽고 어수선할 것 같기는 하지만, 이들이 한국인이 아니라는 사실 하나만으로 나는 바로 숨통이 트이는 것 같으니까.

알맞은 여름

나는 겨울을 싫어한다. 싫어한다고 단언하는 데 거리낌이 없을 정도로 싫어하고, 여생 동안 좋아할 일이 없을 거라고 확신할 수 있을 만큼 싫어한다.

겨울의 무엇이 그토록 싫으냐고? 떠오르는 대로 나열해보면 다음과 같다.

뼛속까지 스미는 한기에 저절로 몸이 움츠러드는 것. 외출을 하려면 필히 두껍고 무거운 옷을 걸쳐야 하는 것. 거추장스럽게 입고 두르고 싸맸는데도 여전히 추운 것. 우중충한 날씨에 기분이 울적해지는 것. 별로 한 것도 없는데 해가 금세 저물어버리는 것. 밤이 쓸데없이 길어서 이런저런 잡생각에 붙들려 싱숭생숭해지는 것. 물론… 가스비가 많이 나오는 것도 싫지.

날이 추워지면 걷잡을 수 없이 무기력해진다는 것 또한 내가 겨울을 싫어하는 이유 중 하나. 체온을 유지하는 데 너무 많은 에너지를 써서 그런 건지, 아니면 겨울을 싫어하는 일에 전력을 다해서 그런 건지는 모르겠지만, 겨울의 나는 어쩐지 전반적으로 힘이 없고 시큰둥하다. 기온이 떨어질 때마다 의욕도 함께 떨어지는지 곧잘 무력한 상태가 되고, 뭘 해도 안 된다는 마음 때문에 실제로 뭘 하려고 하지도 않는다. 가급적 여행은 삼가고 외출은 줄이며 약속은 미루는 게 겨울을 맞이하는 나의 기본 자세.

내가 이렇게까지 겨울을 싫어하는 건 아마도 원체 추위에 취약한 체질을 타고 났기 때문일 것이다. 사상의학의 체질 분류에 따르면 나는 소음인인데, 몸이 차고 신경이 예민하고 소화 장애가 있다는 소음인의 특징을 이보다 더 확실히 증명해 보일 수 있을까 싶은 몸이 바로 내 몸이다. 나는 어렸을 때부터 이비인후과나 소아과를 유아원이나 어린이집만큼이나 빈번하게 들락거리는 병약한 아이였고, 초등학교 때 나를 소음인으로 판정내린 어느 한의원에서 체질 개선을 시도했다가 실패한 다음부터는 더더욱 추위를 못 견디는 사람이 되었다. 그리고 지금도 겨울은 물론이고 늦가을이나 초봄처럼 일교차가 심한 환절기에는 어김없이 감기를 달고 산다.

*

그리하여 내가 좋아하는 계절은 당연히 여름이다. 이쯤 되면 내가 정말 여름을 좋아해서 좋아하는 게 아니라 겨울을 싫어해서 여름을 좋아하는 게 아닐까 싶지만, 어쨌든 나에게 여름은 생각만 해도 기분이 좋아지는 계절임이 틀림없다. 해가 길어 하루가 충분한 것도 좋고, 옷이 가벼워 몸이 가뿐한 것도 좋으며, 날이 좋아 의욕이 샘솟는 것도 좋으니까. 쨍한 햇볕과 짙은 녹음이 펼쳐진 낮 시간의 풍경은 물론이고, 비릿한 흙냄새와 비 냄새, 요란한 매미 소리가 넘실대는 밤 시간의 산책은 오직 여름에만 허락된 생의 선물이니까.

하지만 요즘 나는 절대로 변치 않을 것 같았던 나의 여름 사랑이 위태로워지고 있음을 느낀다. 여름을 좋아한다고 이렇게 자신 있게 말해도 되는 걸까 싶을 정도로 여름을 나는 게 부쩍 힘겨워졌기 때문에. 전 지구적 기후 위기의 영향으로 우리나라의 여름 또한 해를 거듭할수록 점점 더 지내기 곤혹스러운 계절로 바뀌고 있는데, 낮에는 폭염에 들볶이고 밤에는 열대야에 시달리다 보면 왠지 모르게 여름으로부터 이래도 나를 좋아하겠느냐고, 이래도 내가 너의 계절인 것 같으냐고 호되게 애정을 시험당하는 것만 같다.

게다가 예전에는 선풍기 한 대만 있어도 별 무리 없이 여름을 날 수 있었던 것 같은데, 이제는 에어컨 없는 여름은 아예 상상도 할 수 없게 되어버려서 그게 또 내 몸을 적잖이 괴롭힌다. 나는 초봄의 살바람과 늦가을의 소슬바람, 한겨울의 칼바람만큼이나 한여름의 에어컨 바람에도 몹시 취약한데, 특히 내가 온도를 조정할 수 없는 공간들, 이를테면 카페나 극장 같은 곳에 너무 오래 앉아 있다 보면 그다음 며칠은 꼭 미열과 콧물에 시달린다. 실외는 너무 더워서 불편하고 실내는 너무 추워서 곤란하니 도대체 나더러 어쩌란 말인가 싶은 생각을 최근 몇 번의 여름을 지나며 줄곧 반복했던 것 같다.

*

나에게 딱 알맞은 맞춤옷 같은 날씨가 있다는 것을, 나는 방콕의 우기를 경험하고서야 알았다.

방콕의 계절은 강수량에 따라 건기와 우기로 나뉘는데, 5월부터 10월까지가 우기, 11월부터 4월까지가 건기에 속한다. 우기는 날마다 한두 차례씩 스콜성 폭우가 내리는 대신 좀 습하고, 건기는 온종일 해가 내리쬐는 대신 좀 뜨겁다. 그래서 모두가 손꼽는 방콕 여행의 최적기는 겨울이고, 건기는 성수기, 우기는 비수기다.

하지만 나는 겨울의 방콕보다는 여름의 방콕을,

그러니까 방콕의 건기보다는 방콕의 우기를 더 좋아한다. 건기는 요즘 우리나라의 여름과 그리 다르지 않거나 훨씬 더 뜨거워서 나에게는 다소 버거운 여름이지만, 우기는 내가 바라는 가장 이상적인 여름이기 때문이다. 충분히 견딜 수 있고 기꺼이 견디고 싶은 적당한 여름이랄까.

우기의 날씨는 그야말로 버라이어티하다. 작열하는 태양과 사나운 비가 교차하고, 찌는 듯한 더위와 선선한 바람이 공존한다. 이 오묘한 조합이 가능한 건 역시나 깜짝 이벤트처럼 예고도 없이 쏟아지는 장대비 덕분인데, 비가 내리기 전에는 습하고 후덥지근한 게 지극히 여름 같은 여름이라면, 비가 걷힌 다음에는 살짝 서늘하고 스산한 게 여름 같지 않은 여름이 된다. 웬만큼 뜨겁기를 바라는 동시에 웬만치 시원하기를 바라는, 확실히 더워야 하지만 지나치게 더워서는 안 되는 내 날씨 취향에 제대로 부합하는 날씨인 것이다.

*

부랴부랴 외출 준비를 마치고 나갈 채비를 했더니 발이 묶였다. 장대비가 어마어마하게 쏟아진다. 분명히 샤워를 하러 욕실로 들어가기 전까지만 해도 그냥 좀 흐릿한 정도였는데, 갑자기 하늘이 시커먼 먹구름으로 뒤덮여 있다. 어떻게 고작 10여 분 사이에 창밖의 채도와 조도가 이렇게까지 급변할 수 있는 건지 좀 신기할 지경.

창가에 바짝 붙어 서서 밖을 내다보던 H가 말한다.

이건 뭐 다 쓸려내려 가겠는데?

그래?

응, 지구가 멈추는 날 같아. 세상 파장 분위기.

나는 H를 따라서 창밖으로 눈을 돌린다. 5초에 한 번꼴로 하늘을 조각내는 번개와 당장이라도 유리창을 깨부술 것처럼 포효하는 천둥, 그리고 강물을 뒤엎을 듯한 기세로 휘몰아치는 바람까지… 어째 무슨 일이 벌어져도 이상할 게 없는 날씨다.

하지만 이토록 맹렬한 폭우를 바라보는 우리의 심정이란 그리 착잡하지만은 않다. 아니, 사실 착잡하기는커녕 오히려 내심 이 비를 기다렸던 것처럼 기껍고 반갑다. 이 비가 머지않아 그치리라는 것을 알고 있으니까. 이 비가 걷힌 다음의 방콕은 너무 뜨겁지도 않고 너무 습하지도 않아서 발길이 닿는 대로 소요하기에 딱 알맞을 테니까.

이윽고 우리는 각자 편한 자리로 돌아가—H는 창가 쪽에 놓인 1인용 소파로, 나는 침대 위로—하염없이 창밖을 내다본다. 그러고는 뜬금없이 맥락 없이 언제쯤 비가 그칠 것인지를 두고 저녁 내기를 한다. H는 어째 오늘은 심상치 않다며 두 시간을, 나는 이러다 시치미 뚝 떼고 맑게 개는 게 방콕의 우기라며 넉넉잡아 한 시간을 예상하는데, 이렇게 누워 있다가는 둘 다 깜빡 잠이 들어서 누가 이겼는지도 알 수 없을 것 같지만, 그래도 이런 실없는 대화를 나누며 창밖의 여름이 알맞아지기를 기다려본다.

방락의 맛있게 매운

'찜쭘'을 먹어보자며 호텔을 나섰다. 이번에 방콕에 가면 꼭 먹어봐야지 했던 게 바로 찜쭘이었는데, 마침 호텔과 맞닿아 있는 '방락 푸드 센터'에 찜쭘을 잘하는 집이 있다기에 멀리 갈 것도 없었다. 찜쭘은 태국식 전골의 일종으로 끓는 육수에 고기, 해산물, 야채 등을 넣어 익혀 먹는 음식. 수끼와 비슷하지만 좀 더 진한 맛이 나는 태국 북부 이산 지방 전통 요리라고 한다. 찜쭘의 존재에 대해 알게 된 건 몇 해 전이지만, 찜쭘을 파는 곳이 대게 현지인들이 애용하는 포장마차나 노점이어서 그런지 번번이 인연이 닿지 않았다. 지나가다 찜쭘을 먹는 사람들을 발견해도 앗, 여긴 내공이 필요해 하면서 그냥 발길을 돌렸던 것이다.

　　하지만 H는 찜쭘이 내키지 않는 모양이다. 오늘 저녁 메뉴로 찜쭘이 어떻겠느냐고 물었을 때는 난 뭐든 상관없다면서 취향이며 기호가 없는 사람처럼 굴더니, 막상 가게 앞에 도착하자 호불호가 확실한 사람으로 돌변한다. 항상 끝에 가서야 원하는 바를 똑바로 말하는 성격인지라 이런 상황이 낯설지는 않다. H는 자기는 원래 샤브샤브류는 좋아하지 않는 데다 이 노점은 위생 상태도 영 별로인 것 같다며 고개를 젓는다. 샤브샤브야 그렇다고 쳐도—생각해보니

H는 훠궈도 좋아하지 않는다.—그동안 우리가 같이 갔던 포장마차며 노점이 얼마나 많은데 갑자기 위생을 운운하는 건 좀 어이가 없다.

그럼 어딜 가자는 건데? 뭐 어디 갈 데 있어?

나는 내 계획이 틀어진 게 못마땅하다는 심사를 숨기지 못하고 묻는다. 주변에 즐비한 게 식당이지만 원래 생각했던 이 노점이 아니면 밥 먹을 곳이 전혀 없는 것처럼 뻗대면서.

그때 H가 갑자기 생각났다는 듯이 입을 연다.

어제 거기는 어때? 깔끔하고 좋았는데.

어디?

저녁 먹은 데.

거길 또 가자고?

가깝잖아. 그냥 거기로 가자.

*

어제 우리가 저녁을 먹은 식당은 '마자로(Mazzaro)'. 호텔 근처의 식당을 검색하던 중 어느 블로거의 강력 추천을 믿고 가본 곳이었는데, 여행객을 상대로 하는 가게인지라 가격은 좀 비쌌지만—이태원이나 경리단길에 있는 태국 음식점과 비슷한 가격이다.—분위기도 깔끔하고 음식 맛도 좋아서 꽤 만족스러웠다.

하지만 가게 앞에 도착하니 이번에는 내 쪽에서 영 내키지가 않는다. 비싼 만큼 제값을 하는 곳이라고 생각하기는 하지만 이틀 연속 찾아갈 정도로 특출난 건 아닌 것 같으니까. 게다가 종일 기대했던 찜쭘을 물리치고 선택한 곳이 고작 여기란 말인가 싶어서 발길이 떨어지지 않는다. 여기를 또 가느니 그냥 호텔로 돌아가서 새로운 컵라면이나 먹어보는 게 좀 더 신선할 것 같다.

그때 길 건너편의 작고 깔끔한 식당이 눈에 들어온다. 생각해보니 어제 마자로에서 밥을 먹다가 저쪽에도 식당이 있네 하면서 잠시 눈길을 주었던 곳이다. 검은색 철제 프레임에 실내가 훤히 들여다보이는 커다란 통창으로 외관을 장식했는데, 인테리어의 묘 같은 건지 아니면 내가 찾지 못한 건지 모르겠으나 그 흔한 간판 하나를 내걸지 않았다. 가게 앞쪽에 작은 화환과 화분이 모여 있는 걸 보니 아무래도 개업 초기인 것 같다.

저기는 어때?

나는 식당을 가리키며 묻는다.

저기?

응, 도전?

H는 눈을 가느다랗게 뜨며 가게를 건너다 보더니 이내 오케이를 한다. 오케이를 하기까지는 한참이 걸렸으나 막상 오케이를 하고 나자 얼른 가보자며 앞장선다.

물론 나는 이 오케이가 저기 저 식당이 정말 마음에 들어서 하는 오케이가 아니라는 것을 안다. 내가 아, 이 인간이 찜쭘은 진짜 먹기 싫은가 보다 하고 눈치껏 포기한 것처럼 H 역시 아, 이 인간이 마자로는 진짜 가기 싫은가 보다 하고 눈치껏 물러서는 것이겠지. 우리는 한 번씩 양보하면서 찾은 중립지대 쪽으로, 둘 다 진정으로 원하는 곳은 아니지만 그렇다고 해서 진정으로 원치 않는 곳도 아닌, 저기 저 이름 모를 식당 쪽으로 발걸음을 옮긴다.

*

이 식당의 이름은 'Zabb Bang Love'. 홀 서빙을 맡고 있는, 아마도 주인이 아닐까 싶은 내 또래의 남자가 건네주고 간 메뉴판에 그렇게 쓰여 있다.

Zabb Bang? 이게 무슨 뜻이지?

마침 나도 그게 궁금했는데 H가 먼저 묻는다.

우리는 이런 건 또 그냥 넘어가지 못하는 사람

들인지라 곧바로 구글링을 하고 사전을 검색한다. 하지만 'Zabb Bang'이라는 게 태국어를 소리 나는 대로 알파벳으로 표기해놓은 것 같아서 H도 나도 그럴듯한 뜻은 발견하지 못한다. 이름에 'Love'가 들어있는 걸로 보아 무엇이 혹은 무엇을 사랑한다는 뜻 같기는 한데, 태국어를 전혀 모르니 감이 오질 않는다.

결국 우리는 옆 테이블 서빙을 마치고 지나가던 주인 남자에게 그 뜻을 묻는다. 그리고 잠시 후 이런 걸 묻는 사람은 우리가 처음이라며 신기해하던 남자로부터 자세한 설명이 돌아온다. 남자의 말에 따르면, 'Zabb'은 태국말로 '맵고 맛있는', 'Bang Love'는 이곳의 지역명인 '방락(Bang rak)'을 뜻한다. 'rak' 이 태국어로 '사랑'이어서 'Love'란다. 그러니까 우리말로 하면 '방락의 맛있게 매운맛' 정도가 될 듯하다. 한마디로 좀 매운 집이라는 얘기다.

메뉴는 비슷한 규모의 다른 식당에 비하면 단출한 편이다. 이것 또한 개업 초기의 여파인지 모르겠으나 선택의 폭이 그리 넓지는 않다. 타이 푸드 하면 떠오르는 대표적인 음식들 예닐곱 가지가 사진과 함께 메뉴의 전반부에 배치되어 있고, 영문 설명이 적혀 있음에도 감이 오질 않는 낯선 음식들이 주로 후

반부에 모여 있다.

　　우리는 '추천' 표시가 되어 있는 음식들을 우선 순위로 살피다가 똠양꿍, 새우 팟타이, 카오팟무, 그리고 얌 느아를 주문한다. 처음엔 얌 느아가 아닌 솜땀을 시키려 했는데, 우리가 쏨땀을 먹으니 마느니 하면서 쓸데없이 시간을 끌자 이를 가만히 지켜보던 주인 남자가 샐러드라면 이쪽이 훨씬 더 맛있다며 얌 느아를 추천했다. 피시 소스와 고추로 버무린 쇠고기 샐러드라는데 엄지까지 치켜드는 걸 보니 그냥 지나치면 안 될 것 같다.

＊

다행히 음식은 맛있다. 우리가 주문한 음식 일체가 식당 이름에서 공표하고 있듯이 약간 매콤한데 내 입맛에는 마자로보다 더 나은 것 같기도 하다. 가성비를 생각하면 더더욱 그렇다.

　　특히 우리는 주인이 자신 있게 추천한 얌 느아에 반해서 몇 번이나 동그래진 눈으로 고개를 끄덕인다. 라임과 마늘, 고추가 뒤엉켜 씹을 때마다 입안이 알싸해지는, 다른 음식의 기름진 느낌을 덜어주는 동시에 자꾸 입맛을 돌게 하는 신선하고 강렬한 음식이다. 분명히 처음 먹어보는 낯선 맛인데도 거부감이 들지 않는다. H 말로는 페루 요리 '세비체'의 쇠고기 버전 같단다.

전반적으로 음식이 만족스러웠기 때문일까. 아니면 일단 배가 가득 찼기 때문일까. 그제야 우리를 감싸고 있던 데면데면한 분위기가 좀 누그러지는 듯하다. 아무렇지 않은 척 대화를 하면서도 중간 중간 서로의 기분을 점검하던 우리였는데 이제는 좀 느슨해져도 될 것 같다.

우리는 음식의 맛과 질, 가격은 물론 주인의 친절과 가게의 청결까지 하나씩 꼽아보면서 상찬을 이어간다. 그러고는 이 집은 조만간 문전성시를 이룰지도 모르겠다고, 아무래도 내일 저녁에 다시 와서 다른 추천 메뉴에 도전해볼 필요가 있겠다고 의견을 모은다. 물론 내일이 되면 누군가 또 변심을 할지도 모르지만, 그러면 다시 눈치껏 서로 원하는 것을 헤아리고 이견을 조율해야겠지만 그것도 뭐 괜찮지 않나싶다. 오늘 우연히 이 식당을 찾아내고 뜻밖의 음식을 경험한 것처럼 양보와 타협의 결과가 생각보다 훨씬 더 좋을 수도 있다는 것을 우리는 알고 있으니까. 원하는 걸 고집하고 관철하는 것만이 최선은 아니라는 것을, 어쩌면 최선은 서로 한발씩 물러서는 과정

에서 우연히 맞닥뜨리게 되는 무엇일 수도 있다는 것
을 우리는 모르지 않으니까.

어떤 대화들 2

마자로에서

등 뒤의 테이블에서 느닷없이 그릇이 깨지고 수저가 떨어진다. 무슨 일인가 싶어 눈을 돌렸더니 열 살 남짓해 보이는 금발의 여자아이가 발작을 일으켰다. 두 눈의 초점을 완전히 잃은 채로 몸이 사정없이 떨리는 것을 보니 아무래도 뇌전증이 아닐까 싶다.

아이 엄마는 아이를 모로 눕히더니 아이가 자신의 무릎을 벨 수 있도록 고쳐 앉고, 아이 아빠는 웨이터에게 얼음물을 부탁한 다음 직접 바닥을 치운다. 그리고 아이의 오빠로 보이는 남자 아이는 동생의 신발을 벗기고 시간을 체크한다. 다들 대처 방법을 정확히 알고 있는지 동작에 낭비가 없는데 아무래도 이들에게는 지금과 같은 상황이 일상인 모양이다. 너무나도 침착하고 능숙해서 왠지 모르게 기이하게 느껴지는 광경. 나는 그들에게서 좀처럼 눈을 뗄 수가 없다.

그때 내 뒷덜미를 잡아채는 H의 목소리.

H : 제발 그만 좀 쳐다볼래?

나 : 왜?

H : 그게 예의야.

*

살라댕역에서

타논 살라댕 초입에 있는 노점에서 망고 스티키 라이
스를 산 다음 다시 살라댕역 쪽으로 발걸음을 옮기는
데, 맞은편에서 내 또래의 한국 남자 분 둘이 걸어온
다. 앞이 늘어난 민소매 셔츠에 무릎 위까지 올라간
숏팬츠, 그리고 속이 보일 정도로 바짝 깎은 머리. 복
사 후 붙여넣기를 한 것처럼 비슷한 느낌이다.

　　하지만 스쳐 지나가는 동안 내가 그들에게 놀
란 건 쌍둥이처럼 똑같은 스타일이나 우리를 경계하
듯 쳐다보던 시선 같은 게 아니다. 그보다는 두 사람
이 꼭 잡고 있던 손. 우리가 한국인이라는 걸 인지하
는 순간 분명히 멈칫했을 터인데도 끝내 놓아버리지
않던 그 손이다.

　　나 : 지금 봤나?
　　H : 뭘?
　　나 : 방금 지나간 분들.
　　H : 아니, 못 봤는데. 왜?
　　나 : 우리나라 사람들 같은데. 남자 두 분이 손

을 잡고 있었네.

H : 손?

나 : 응, 손을 놓치를 않았네. 거리에서.

H : 멋지네.

나 : 그치, 좀 멋지지.

H : 부러웠나?

나 : 부러웠네.

얼마쯤 지났을까. H가 슬쩍 내 손끝을 건드린다. 인적이 드물어진 것도 아닌데, 아니, 오히려 역 주변을 지나면서 주변이 더욱 번잡해졌는데 처음에는 손가락을 걸더니 나중에는 깍지를 낀다.

*

터미널 21에서

터미널 21의 에스컬레이터는 속도도 빠르고 경사도 가파른 데다 안전장치까지 전무해 탈 때마다 아슬아슬하다. 이것이 이 나라의 표준인 건지 아니면 다른 곳에 비해 여기가 좀 더 유난스러운 건지 모르겠지만 확실히 몸을 실으면 손잡이를 움켜쥐게 된다.

나는 H를 내 쪽으로 가볍게 끌어당기고는 한 걸음 뒤로 물러선다. 안전 과민증인 H가 슬쩍 아래를 내려다보며 몸서리치기에 비교적 안전해 보이는 내 자리를 양보한 것이다. 하지만 앞뒤 간격이 좁은 탓에 H가 내 발을 밟고서는 휘청인다. 크게 넘어질 뻔한 것은 아니고 잠시 중심이 흔들리면서 움찔한 상황.

순간 죽을 뻔했다고 생각하는지 H가 눈을 부릅뜬 채로 숨을 몰아쉰다.

H : 뭐야? 일부러 그랬지?

나 : 응?

H : 방금 말이야. 일부러 그런 거 아니야? 사고로 가장해서 날 죽이려고?

나 : ….

H : 부정하지 않네?

나 : ….

H : 왜 부정을 못 하지?

나 : 아이고, 오래 사시겠어, 눈치가 빨라서.

*

타논 총논시에서

길을 걷다가 '부츠(Boots)'가 보여 잠깐 들어가보기로 한다. 부츠는 우리나라의 '올리브영' 같은 잡화점인데 'Made In England'라는 걸 알면서도 우리에게는 언젠가부터 방콕을 상징하는 상점이 되었다.

나 : 맞다, 우리나라에도 부츠가 들어온다네.

H : 그래?

나 : 응, 기사에서 봤는데 명동에 1호점이 생긴다네. 예전에 본 거라서 이미 생겼을 수도 있고.

H : 안타깝네.

나 : 뭐가?

H : 그냥 뭔가… 불이 하나 꺼진 기분이야. 방콕에서만 볼 수 있는 걸 하나 잃은 거니까.

*

호텔 방에서

오늘도 어김없이 편의점에서 사 온 맥주를 한 캔씩 비우면서 하루를 마무리한다.

TV에서는 〈How Do I Look : Asia〉라는 제목의 메이크오버 쇼가 방영 중인데, 보고 싶어서 보는 건 아니고 딱히 볼 게 없어서 그냥 틀어놓고 딴짓을 하는 중이다. H는 휴대폰으로 인터넷 뉴스를 읽다가 말다가 하고, 나는 벽지 무늬와 카펫의 상태를 일별한다. 아무리 생각해도 클래식이라고 합리화하기에는 너무 올드한 것 같다는 생각도 하면서.

나 : 이번에 우리 호텔 망한 건가?

H : 여기?

나 : 응, 별로지?

H : 아냐, 난 좋은데.

나 : 그래?

H : 첫인상은 별로였는데 지내다 보니 편하네.

나 : 그런가. 너무 낡은 것 같은데. 사람도 많고.

H : 사람 많은 걸 원했던 거 아냐? 대형 체인 호텔에 오고 싶어했잖아.

나 : 아니, 그건 지난번에 묵었던 그 레지던스가 너무 썰렁했으니까.

H : 그랬나?

나 : 무슨 〈샤이닝〉에 나오는 데 같았잖아. 투숙객도 우리뿐이고.

H : 사람이 없으면 없다고 싫고 많으면 많다고 싫고… 뭐 어쩌라는 건데?

나 : 사람이 적당히 많으면서도 적당히 없는 호텔. 그런 곳은 없을까?

H : …적당히 하시죠.

소설이 될 수 없는 건

잠시 더위를 피하려고 들어온 카페에서 책을 읽기 시작한다. 테이블이 예닐곱 개 남짓한 작고 오래된 공간인데 시원하고 한적한 데다 커피 맛까지 좋아서 좀 더 오래 앉아 있기로 했다. 마침 옆자리에 앉은 여성분이 독서 중이기도 해서 가방에서 책을 꺼내는 게 그리 어색하지 않았다.

카페의 이름은 '하비스트 카페(Habbist Cafe)'. 검색해보니 방락 지역에서는 꽤 이름난 곳인 듯하다. 멀리서 일부러 찾아올 만큼의 개성이나 특색은 없지만, 간단히 요기도 하고 공부도 하고 수다도 떨 수 있는 편안한 분위기가 마음에 든다. 볕도 잘 들고 선곡도 차분해서 오랜만에 독서다운 독서를 할 수 있을 것만 같다.

하지만 막상 책을 펼쳐 드니 글자가 눈에 잘 들어오지 않는다. 금세 집중 모드로 돌변해 부지런히 책장을 넘기는 H와는 달리, 나는 10여 분째 같은 페이지에 머물러 있다. 뭔가를 끊임없이 읽어나가고 있기는 하지만 지금 내가 정확히 무엇을 읽고 있는지 모르겠다. 사실은 계속 딴생각 중이어서 행간 어딘가에 갇힌 것 같은 상태.

요즈음 나는 뭘 써야 하는지도 모르겠고 뭘 쓸 수 있는지도 모르겠는 그런 처지여서 뭐라도 쓴 사람

은 그저 썼다는 이유만으로도 부럽고 대단해 보일 지
경인데, 하필 묵직해도 너무 묵직한 소설책을 손에
쥐고 있자니 마음이 또 싱숭생숭해지는 것 같다. 이
사람은 이렇게 잘 쓰는데, 로 시작해서 나는 어떡하
면 좋지, 로 끝나는 질투와 불안. 나는 한 줄도 쓰기
가 힘든데 어떻게 이 사람은 이토록 할 말이 많은 걸
까 싶은 자괴와 열패. 이런 것들이 머릿속을 마구 휘
저어놓아서 집중을 할 수가 없다.

*

결국 나는 답답한 마음에 책장을 덮고 H에게 묻는다.
　나는 뭘 쓸 수 있을까? 뭘 써야 하는 거지?
　혼자 부글부글 끓다가 난데없이 튀어나와버린,
그야말로 밑도 끝도 없는 질문이건만, 다행히 H는 내
가 무슨 말을 하는지 아는 것 같다. 하긴 왜 모르겠는
가. 그동안 내가 글을 쓴답시고 쏟아낸 크고 작은 투
정을 모두 묵묵히 받아준 사람인데. 쓰고 있는 소설
은 물론이거니와 아직 시작도 안 한 소설, 그러니까
엄밀히 말해 소설이라고 할 수 없는 소설에 대한 징
징거림들까지.
　여기에서 있었던 일을 써보는 건 어때?

H가 대수롭지 않게, 심지어 읽던 책에서 눈을 떼지도 않고 묻는다.

여기?

응, 방콕.

소설로?

그래, 소설로.

자기가 쓸 게 아니라고 아무 말이나 막 하는구나 싶어서 그냥 넘어가려는데 H가 눈을 들어 나를 쳐다본다. 진심이라는 뜻이다. 나는 지푸라기라도 잡는 심정으로 진지하게 생각해본다. 방콕에서 있었던 일을 소설로 쓴다고? 그런 것도 소설이 될 수 있나?

하지만 가부는 따질 수도 없는 게 일단 떠오르는 게 없다. 잘 먹고 잘 쉬는 게 목적인 이 여행에서 대체 어떤 소설적 이야기를 발견할 수 있단 말인가. 아무런 사건도 사고도 원치 않아서 가급적 호텔 안에만 있으려 하는 우리인데….

내가 여기선 쓸 수 있는 게 없다며 고개를 젓자, H가 이해할 수 없다는 듯이 미간을 좁힌다.

무슨 소리야. 우리한테 에피소드가 얼마나 많은데.

에피소드? 무슨 에피소드?

*

H가 소설화를 강력히 추천하는 에피소드는 재작년 여름의 일이다. 그 당시 투숙했던 호텔 방이 스위트 구조여서 침실과 거실이 분리되어 있었는데, 거실에 있던 H가 갑자기 으악 하고 괴성을 내지르기에 달려가 봤더니 벽에 웬 도마뱀이 붙어 있었다. 손바닥만 한 도마뱀을 실내에서, 그것도 호텔 방 안에서 목격한 건 H도 나도 처음.

우리는 도마뱀이 해충을 잡아먹는 이로운 동물이라는 둥 누군가에게는 귀엽고 사랑스러운 반려동물이라는 둥 하면서 놀란 가슴을 진정시켜보려 했으나, 이 도마뱀이라는 게 어째서인지 보면 볼수록 익숙해지기는커녕 오히려 생경하고 위협적으로 느껴져서 자꾸 숨을 멈추게 됐다.

하지만 진짜 문제는 바로 거기서부터였다. 왜냐하면 도마뱀이 우리가 자신을 지켜보고 있다는 것을 인지한 듯 슬금슬금 움직이더니 이내 벽에 걸린 액자 뒤로 숨어버렸으니까. 어떻게 하면 얘를 무사히 밖으로 내보낼 수 있을지를 고민하던 차였는데, 도마뱀이 나는 여기서 나갈 생각 같은 건 추호도 없으니 괜한 짓은 하지도 말라는 듯이 더 깊숙한 곳으로 자리를 옮겼다.

　게다가 무릇 공포란 그 대상이 보일 때보다 보이지 않을 때 더욱 배가 되는 법 아닌가. 도마뱀이 그 안에 들어가서는 옴짝달싹도 하지 않고 있으니 어쩐지 더욱더 신경이 곤두서고 두려워지는 기분. 도마뱀이 다시 액자 밖으로 나와도 말썽, 그대로 액자 뒤편에 머물러도 말썽이었다.

　결국 우리는 호텔 프런트에 상황을 알리고 도움을 청했다. 그리고 잠시 후 말끔하게 차려입은 장정의 호텔리어 한분이 우리 대신 액자 앞에 섰다. 그분은 벽에 귀를 기울이듯 바싹 몸을 붙인 다음 액자 안쪽을 살폈는데, 한참을 들여다봐도 뭐가 보이는 게 없는지 고개를 갸웃하더니 도마뱀을 불러내리려는 듯 액자를 똑똑 두드렸다. 그러고는 1, 2초쯤 뒤에 조심스레 액자를 떼어냈다.

　그런데 이게 어찌된 일일까. 액자 뒤에는 아무것도 없었다. 혹시 도마뱀이 뒷면에 붙어 있나 싶어서 액자를 뒤집어 보았는데도 없었고, 액자가 걸려 있던 자리는 물론이고 근처의 벽면, 천장, 바닥 등 시선이 닿는 그 어디에도 없었다. 벽에 구멍이 있는 것도 아닌데 어떻게 이렇게 흔적도 없이 사라져버릴 수 있는 건지 알 수가 없었다.

그때 호텔리어는 아마도 우리가 한눈을 판 사이에 도마뱀이 도망친 것 같다며 싱겁게 웃어 보였는데, 단 한 순간도 액자에서 눈을 떼지 않았던 우리로서는 이런 결말은 또 순순히 납득할 수가 없어서 결국 그날 밤 잠들기 직전까지 객실 구석구석을 조심스레 살펴야 했다.

*

생각해보니 그 일은 H의 말대로 재밌는 에피소드다. 우리에겐 제법 인상적인 일이었고 훨씬 더 흥미로운 이야기로 발전시켜 볼 가능성이 아예 없지는 않은 것 같다. 하지만 이게 소설이 될 수 있을까? 소설이 되기에 적합한 이야기인가?

나는 이렇게 저렇게 머리를 굴려보다가 이건 소설이 될 수 없다는 결론을 내린다. 내게 소설 쓰기는 감각의 영역이기도 하므로 이런 판단은 그리 오래 걸리지 않는다. 하지만 H는 이해가 안 된다는 표정이다. 재밌다고 할 때는 언제고 어째서 이토록 까다롭게 구는 건지 모르겠다는 반응. 나는 내 안의 감각을 어떻게 논리적으로 설명할 수 있을지 고민하다가 이렇게 고쳐 말한다. 이 얘기는 소설이 될 수도 있지만 그건 내가 쓸 수 있는 건 아닌 것 같다고. 안타깝게도 나는 무엇이든 소설로 쓸 수 있는 사람은 또 아닌 것 같다고. 그러자 H가 한 박자 쉬었다 묻는다.

그럼 네가 쓸 수 있는 소설은 뭔데?

나는 한 번 더 말문이 막힌다. 그건 말이지 하고 자신만만하게 일장연설을 늘어놓을 수 있다면 좋으련만 그럴 수 있었다면 처음부터 이렇게 쓰느니 마느니 하며 징징대지도 않았겠지.

그때 H가 다시 책으로 눈을 돌리는가 싶더니 혼잣말을 하듯 중얼거린다.

그건 쓰기 전까지는 알 수 없는 거 아닌가.

…응?

아직 쓴 것도 아니면서 어떻게 그렇게 확신하냐고.

….

나는 H의 말이 정답이라는 걸 알고 있다. 소설 쓰기라는 게 그렇게 간단한 게 아니라며 괜한 자존심을 내세우면서도 어쩐지 정곡을 찔린 것 같다는 생각을 멈출 수가 없다.

H의 말대로 나는 일단 써야 한다. 도마뱀이 갑자기 증발해버린 그날에 대해서든 도마뱀이 갑자기 증발해버린 그 일을 과연 소설로 쓸 수 있을지를 고

민하는 오늘에 대해서든, 계산과 고민을 멈추고 써야 한다. 정말이지 쓰기 전까지는 알 수 있는 게 아무것도 없으니까. 아는 것 같아도 그건 아는 게 아닐 테니까.

그나저나 이 사람은 소설 같은 건 써본 적도 없으면서, 아니 소설은 시간 낭비라며 잘 읽지도 않으면서 어떻게 이런 말을 하는 걸까.

타논 실롬 위에서

오늘 저녁 우리의 목적지는 살라댕에 있는 '실롬 콤플렉스(Silom Complex)'이다. 그동안 사톤 지역에 있는 호텔을 애용해온 탓에 인근의 유일한 쇼핑몰인 실롬 콤플렉스를 자주 드나들었는데, 알게 모르게 정이라도 든 건지 언젠가부터 방콕에 올 때마다 일부러 한 번씩은 꼭 들르는 곳이 되었다. '시암 파라곤(Siam Paragon)'이나 '엠쿼티어(EmQuartier)' 같은 최신의 대형 쇼핑몰에 비하면 볼품없지만 현지인들이 즐겨 찾는 인기 체인점이 그럭저럭 모두 모여 있다. 4층에 있는 '바나나 리프(Banana Leaf)'에서 저녁을 해결하고 2층에 있는 '애프터 유(After You)'에서 디저트를 먹은 다음, 지하에 있는 '와인 커네션(Wine Connection)'에서 와인 한 병을 사서 귀가하자는 게 우리가 호텔을 나서며 급조한 계획.

호텔에서 실롬 콤플렉스까지는 BTS로 세 정거장이다. 호텔은 사판딱신역과 거의 붙어 있다시피 하고 쇼핑몰은 살라댕역과 바로 연결되어 있어서 이보다 더 편리할 수가 없는 동선이다. 이동 시간만 놓고 따져본다면 오히려 사톤 지역에 있는 호텔에서 걸어다니던 때보다 훨씬 더 빠를 것 같기도 하다.

하지만 우리는 BTS를 타는 대신 그냥 걷기로 한다. 우리가 좋아하는 '타논 실롬'을 따라서 30분 정도만 걸으면 살라댕역이 나올 테니까. 도중에 상점이나 사람 구경을 하다 보면 그보다 훨씬 더 오래 걸릴 수도 있지만, 어쨌든 둘 다 운동화를 신고 나온 터라 별 무리가 없을 듯하다. 어느덧 저녁 기운이 완연해진 것인지 때마침 어디선가 선선한 바람이 불어오는데, H에 따르면 이건 꼭 산책을 하라는 신의 계시 같은 날씨란다.

*

타논 실롬은 강변을 따라 길게 이어지는 타논 짜른끄룽과 방락 지역의 랜드마크인 '르부아 앳 스테이트 타워(Lebua at State Tower)'가 만나는 삼거리에서부터 시작된다.

　　르부아 앳 스테이트 타워는 64층에 있는 루프톱바 '시로코(Sirocco)' 때문에 원체 유명하지만 영화 〈행오버 2〉에 등장하면서 더욱더 명소가 된 바로 그 호텔. 규모도 규모지만 외벽 전체가 반원형 발코니로 뒤덮여 있어 눈길을 끄는 곳이다. 초고층에서도 발코니를 이용할 수 있는 아찔한 구조여서 지나갈 때마다 저래도 되는 건가 올려다보고는 했는데, 아니나 다를까 그동안 투신한 사람이 적지 않아서 체크인 시 나는 자살을 하지 않을 것이라는 각서가 주어진단다.

이 건물 앞을 지날 때마다 나는 극심한 공포를 호소하던 H를 한 번씩 떠올린다. 2011년 여름이었고 우리의 첫 번째 방콕 여행이었다. 그때 우리는 초심자답게 당연히 시로코를 궁금해했고—그 당시만 해도 서점에 꽂혀 있는 거의 모든 가이드북에서 시로코를 왕궁이나 짜뚜짝 마켓만큼이나 중요한 관광지로 소개했다.—드레스 코드가 엄격하다는 후기에 특별히 복장까지 신경 써가며 기대치를 높였다.

하지만 우리는 바에 도착한 지 채 30분도 지나지 않아서 발길을 돌려야만 했다. H의 고소 공포증 때문이었다. H는 바 한쪽에 바짝 붙어 서서 테이블을 꼭 움켜쥔 채로 한 발짝도 움직이지 못했고, 점점 얼굴이 하얗게 질리는가 싶더니 자꾸 눈을 질끈 감았다 떴다. 기대했던 일정을 망치고 싶지 않다는 일념에 어떻게든 견뎌보려는 듯했으나 보는 눈만 없다면 당장이라도 주저앉을 것 같은 상태였다.

하필 그날은 스콜의 영향인지 하늘에 구름도 자욱하고 바람도 극심했는데, 64층에서 맞는 바람은 상상 이상으로 위협적이어서 나 또한 아찔한 순간이 많았다. H처럼 몸이 굳고 식은땀이 나는 건 아니었지만 이 높이에서는 무엇을 해도 즐거울 수 없다는 H의 결론에 동의하지 않을 수 없었다.

*

르부아 앳 스테이트 타워에서 '주얼리 트레이드 센터' 방향으로 10여 분 정도를 걸으니 오른편으로 실롬 소이 13이 보인다. 힌두교 사원인 '스리 마하 마리암만(Sri Maha Mariamman Temple)' 근처의 허름하고 좁다란 골목. 왠지 관광객은 발을 들여서는 안 될 것 같은 지극히 로컬다운 분위기가 감도는 곳이다.

우리가 잠시 발걸음을 늦추면서까지 굳이 이곳을 기억하는 건 3년 전 어느 날 방문했던 쿠킹 스쿨이 바로 이 골목 안쪽에 자리하고 있기 때문이다. 강사의 안내에 따라 재료를 다듬고 요리를 한 다음, 직접 시식까지 하는 체험 프로그램이었는데, 그날 우리가 만들었던 요리는 이제 가물가물하지만 그날 우리를 이끌어주었던 강사 분의 생김새와 목소리는 아직도 생생하다.

강사 분은 나를 보자마자 '빅뱅'의 '태양'을 닮았다면서 수업 내내 나를 '태양'으로 불렀는데, 물론 진심으로 내가 '태양'을 닮았다고 생각해서 그렇게 부른 건 아니었고—세상에서 나와 가장 닮지 않은 한 사람이 있다면 그건 바로 '태양'일 것이다.—그냥 한국 사람을 보면 자기가 아는 케이팝 가수 이름을 갖다 붙이는 게 그분의 개그 레퍼토리인 듯했다. 요리를 가르치는 것보다는 수강생들을 웃기는 데 더 관심이 많은 사람이었다.

  우리는 그 골목을 뒤로하고도 한동안 그날에 대해서, 그 산만하고 수다스러운 강사 분에 대해서 이야기한다. 나는 내가 '태양'이라고 불릴 때마다 얼마나 민망하고 멋쩍었는지를 떠올리고, H는 그분의 억센 발음을 따라 한답시고 돼양, 돼양 하면서 나를 놀린다. 남이 들으면 이게 왜 웃기다는 거지 전혀 이해하지 못할 에피소드이지만, H와 나는 각자 간직하고 있는 그날의 분위기나 인상들을 꺼내놓으며 한참을 낄낄거린다.

*

타논 실롬을 걷는 동안 우리는 이거 기억 나, 저거 기억 나 하면서 쉴 새 없이 말을 잇는다. 눈에 보이는 거의 모든 것이 기억을 자극하고 추억을 소환하기에 잠깐의 정적도 끼어들 틈이 없다. 스쳐 지나가는 거리와 건물, 상점에서 한동안 잊고 지냈던 시간이 다시 재현되고, 우리는 그동안 이 길 위에서 보고 듣고 한 것이 이렇게나 많았다는 것을 새삼 깨닫는다.

그러고 보니 내가 할부 상환 기간이 1년이나 남은 아이폰 3GS를 소매치기 당했던 것도, H가 실수로 남의 쇼핑백에 쓰레기를 버렸다가 무뢰한으로 몰린 것도 모두 이 길 위에서 벌어진 일이다. 우리가 작년 가을 서거한 푸미폰 국왕의 초상 앞에서 묵념의 시간을 가진 것도, 시리낏 왕비의 젊은 시절 사진을 보고 저 사람은 왕비일까 공주일까 하면서 멍청한 소리를 지껄인 것도 모두 이 길 위에서였지.

신호를 기다리느라 발이 묶인 사이, H가 뒤로 돌아서더니 우리가 걸어온 길을 카메라에 담는다. 그러고는 앞으로 방콕에 올 때마다 이 길을 걸어보자며 웃는다. 오늘 우리가 한 번 더 걸음으로써 이 길은 조금 더 특별해졌을 테니까. 우리는 그간 당연하다는 듯이 이 길을 걸었으나 그건 결코 당연하기만 한 일은 아닐 테니까.

잠시 후 다시 신호가 떨어지고 우리는 계속 걷는다. 타논 총논시에 접어들자 길을 관통하는 고가도로가 시야를 가득 메우고, 전 역에서 출발한 지상철이 거의 90도에 가까운 방향 전환을 하면서 머리 위로 빠르게 지나간다. 가다 서기를 반복하는 자동차들로 인해 차도는 빨갛게 물들어 있고, 길게 늘어선 행상들과 퇴근길의 회사원들, 야시장을 구경하는 여행객들까지 더해져 인도는 오직 게걸음만을 허락한다.

언제 와도, 언제 봐도 분주하고 활기찬 풍경. 여기는 타논 실롬의 끝, 살라댕역이다.

어쩌다 룸서비스

문득 지겹다. 아무것도 안 하고 시체처럼 누워 있겠다는 생각으로 여기 온 거 맞는데, 막상 시체처럼 누워 아무것도 안 하고 있자니 심심해 죽겠다. 이렇게 방 안에만 처박혀 있을 거라면 뭣 하러 이 먼 곳까지 날아온 건가 싶은 생각도 들고.

게다가 갑자기 출출하기까지 하다. 오늘은 조식을 느지막이, 그것도 거하게 챙겨 먹은 터라 점심은 그냥 걸러도 되겠다 싶었는데 시간이 얼마나 지났다고 벌써 헛헛함이 감돈다. 배가 많이 고픈 건 아니고 그냥 가볍게 뭘 좀 주워 먹으면 될 것 같은, 그러니까 노점에서 파는 간식거리 정도면 그럭저럭 저녁때까지는 별 무리가 없을 듯한 허전함이다.

결국 나는 몸을 일으킨다. 그러고는 침대에 널브러져 거의 두 시간 가까이 페이스북에 올라온 웃긴 동영상 클립만 들여다보고 있는 H에게 묻는다.

잠깐 나갔다 오지 않을래?

응?

뭐라도 먹고 오자고.

지금?

응.

하지만 H는 별로 내키지 않는지 고개를 젓는다. 자기는 아침 먹은 것도 소화가 덜 됐을 뿐만 아니라 이제부터 낮잠을 잘 거란다. 며칠 남지 않은 휴가를 최대한 보람 있게 보내기 위해서는 이 낮잠이 꼭 필요하단다. 10여 년 가까이 아침 8시 출근을 반복해온 H는 오후 3시만 되면 급격히 피곤해하는데, 시계를 확인해보니 아니나 다를까 3시 반이 조금 넘었다.

진짜 아무것도 안 먹을 거야? 점심 안 먹어?

나는 어떻게든 H를 구슬려보려 하지만 H는 꿈쩍도 하지 않는다. 얼른 나가라는 손짓과 함께 울상이 되더니 더는 귀찮게 하지 말라는 듯 이불까지 뒤집어쓴다. 밤새 그렇게 자고도 어떻게 또 자겠다는 건지 모르겠지만 어쨌든 또 잘 수 있고 또 자야만 하는 사람이라는 걸 알기에 계속 보챌 수도 없다.

*

호텔을 나서자마자 보이는 길은 짜른끄룽 앨리 50. 오른쪽으로는 스테이크집과 커리집, 카페 겸 펍으로 보이는 레스토랑이, 왼쪽으로는 천막을 펼쳐놓고 물건을 파는 노점 열댓 개가 길게 늘어서 있다. 날이 끈끈하고 후덥지근한데도 노점 앞이 성황이어서 나는 약간의 호기심을 갖고 왼쪽으로 발걸음을 옮긴다.

노점에는 정말이지 별의별 게 다 있다. '싱하'나

'창' 같은 태국의 유명 상표 로고가 큼지막하게 박힌 티셔츠나 코끼리 그림이 프린트된 고무줄 바지처럼 방콕의 어느 시장에서나 흔히 볼 수 있는 인기 품목은 물론이고, 서양 남녀 모델의 나체 사진을 프린팅해 만든 휴대폰 케이스나 2000년대 중후반에 방영되었던 한국 드라마 CD처럼 이걸 도대체 누가 살까 싶은 괴이한 품목까지 그야말로 다종다양하다. 붙임 머리, 인조 속눈썹, 화장품, 컬러 렌즈, 향수 등의 미용 제품을 파는 노점과 즉석에서 타투나 피어싱 시술을 해주는 노점도 한쪽에 모여 있는데, 막 하교를 마친 듯한 교복 차림의 학생들이 이들 가게 앞을 점령하다시피 해서 자꾸 길이 막힌다. 여학생들은 컬러 렌즈에, 남학생들은 피어싱에 유독 관심이 많은 것 같다.

차근차근 둘러본 기념으로 뭐라도 하나 사보자 싶어 골목 끝으로 향한다. 과일과 꽃, 복권 등을 파는 좌판이 작게 줄지어 있는데, 그중에서 눈이 가는 건 '덕락'이라는 이름의 흰색 방울꽃으로 만든 팔찌다. 향이 진하고 오래가서 보통 방향제로 쓰인다는 팔찌. 나는 팔찌를 하나 집어든다. 하나에 10밧이라는데 마침 주머니에 10밧짜리 동전이 있어 바로 손목에 걸 수 있다. 상쾌하고 청량한 재스민 향이 코끝을 스치면서 금세 기분이 좋아진다.

*

골목을 빠져나와 대로변으로 접어드니 또 다른 천막이 펼쳐져 있다. 로빈손 백화점 앞 공터에 먹거리 장터가 열린 것이다. 이 길에서 꼬치나 과일을 파는 노점은 자주 봤어도 이렇게 반찬이나 식사거리를 만들어 파는 천막은 또 처음 보는 것이어서 그냥 지나칠 수가 없다. 장터 안팎으로 고소하고 달짝지근한 기름 냄새가 진동한다.

천막 안은 예닐곱 개의 판매대 겸 조리대로 꾸며져 있다. 한 바퀴 쓱 둘러보니 카이양, 팟타이, 사테, 어수언, 초밥처럼 비교적 조리하기도 쉽고 먹기도 간편한 음식을 그 자리에서 직접 만들어 파는 식이다. 거의 모든 음식이 1인분에 50밧을 넘지 않는데 그동안 내가 가봤던 어느 노포나 노점보다 훨씬 더 저렴한 것 같다. 손님들 대부분이 인근의 직장인이나 학생인 것으로 보아 아마도 이게 방콕의 생활물가인 것 같다.

각각의 조리대 앞은 사람들로 바글바글하다. 파는 음식에 따라 약간의 인기 편차가 있기는 하지만, 주문하려는 사람들과 포장해가려는 사람들, 그리고 어떻게든 조리대 근처에서 식사를 하려는 사람들이

한데 뒤섞여 발 디딜 틈이 없는 건 비슷하다. 어디선가 태국 사람들은 해 먹는 것보다 사 먹는 것을 선호한다는 글을 본 것 같은데, 이렇게 종류도 다양하고 가격도 저렴하다면 나라도 기꺼이 삼시세끼를 밖에서 해결하겠다는 생각이 든다.

처음 호텔을 나설 때만 해도 내 목적지는 방락 푸드 센터였다. 산책 삼아 방락 시장을 한 바퀴 둘러본 다음 푸드 센터로 가서 간단히 요기를 하자는 생각이었고 내심 메뉴도 정해놓은 터였다. 하지만 정신을 차리고 보니 내 손에는 이미 포장 음식이 한가득. 눈치껏 사람들이 많이 사 먹는 것들을 조금씩 따라 사봤더니 어느새 손이 묵직해졌다. 팟타이 1인분, 운센 1인분, 어수언 1인분, 카이양 4조각, 그리고 사테 10개를 샀는데, 전부 다 해서 150밧, 우리 돈으로 6000원을 넘지 않았다.

*

어? 언제 왔어?

포장해 온 음식을 테이블 위에 펼쳤더니 H가 깼다. 딴에는 조심조심 움직였다고 생각했는데 비닐봉지 소리 때문인지 아니면 냄새 때문인지 눈을 뜨지

않을 수가 없었나 보다. 한바탕 기지개를 켜더니 내
쪽으로 어슬렁거리듯 다가오는 H. 내가 뭘 사 왔나
궁금한지 고개를 길게 빼면서 킁킁 냄새를 맡는다.

좀 먹을래? 아직도 생각 없어?

나는 테이블을 침대 쪽으로 옮겨서 자리를 만
들고—이 객실에는 의자다운 의자가 하나뿐이어서
마주 앉으려면 둘 중 하나는 침대에 걸터앉아야 한
다.—여분으로 챙겨온 나무젓가락을 H에게 건넨다.
이것저것 잡다하게 담아온 덕분에 음식은 둘이 먹어
도, 아니 셋이 먹어도 충분할 만큼 넉넉하다.

H는 팟타이도 한 입 먹어보고 카이양도 조금
먹어보더니 본격적으로 식사를 시작한다. 점심은 됐
다며 고개를 저을 땐 언제고 배가 고팠던 것처럼 아
주 잘 먹는다. 내가 먹을 만하냐고 묻자 입안에 음식
을 다 씹지도 않은 채 브라보, 원더풀 하는데, 왠지
날로 먹는 게 바로 이런 건가 싶어서 얄미워진다.

그때 H의 눈길이 생화 팔찌가 걸려 있는 내 왼
쪽 팔목에 닿는다. 그건 웬 꽃이냐고 묻는 듯한 의아
한 눈빛. 나는 순간 기지를 발휘해 팔찌를 H의 손목
으로 옮기고는 선물이라며 능청을 떤다. H를 떠올리
며 산 건 아니지만 어쨌든 꽃은 꽃이니까.

와, 오늘 이건 뭐… 완전히 룸서비스인데?

H는 살짝 감동했다는 듯이 눈을 동그랗게 뜨더니 꽃향기를 확인한다. 그러고는 눈가에 주름이 가득해지는 특유의 눈웃음을 짓는다. 진심으로 기분이 좋을 때만 튀어나오는, 아마도 본인은 한 번도 본 적이 없을 게 분명한 표정이다. 내가 세상에서 제일 사랑하는 표정.

나는 잠시 숨을 멈추고 H의 얼굴을 천천히 눈에 담는다. 머리는 잔뜩 헝클어져 있고 피부는 푸석푸석하며 눈가에는 눈곱이, 입가에는 음식 양념이 잔뜩 묻어 있지만, 그러니까 이보다 더 꾀죄죄할 수가 없고 생활적일 수가 없지만, 바로 이 장면을 만나려고 내가 방콕에 온 게 아닐까 싶다.

나는 환한 빛이 마음 한쪽을 간질이는 것 같은 지금 이 순간을 아주 오래도록 기억하리라 예감하면서 다시 젓가락을 집어 든다.

오늘 점심은 이렇게 방 안에서 때운다.

어떤 대화들 3

로드스 바에서

점원이 야외 테이블을 권하기에 별 생각 없이 앉았는데, 얼마 지나지 않아 펍 바깥에 마련되어 있는 간이 무대에서 로컬 밴드의 라이브 공연이 시작된다. 펍 손님들뿐만 아니라 롯파이 야시장을 구경하던 사람들도 공짜로 무대를 감상할 수 있는 오픈 스테이지이다.

마이크 앞에 선 짧은 머리의 여성이 안녕하세요, 오늘 날씨가 참 좋네요, 달도 아름답고요 하면서 간단히 오프닝 멘트를 한다. 그러고는 첫 곡으로 노라 존스의 〈Don't Know Why〉를 커버한다. 첫 소절부터 오, 하게 되는 허스키하면서도 중성적인 음색. 저음역의 그윽하고 나른한 느낌이 매력적이다.

무대를 유심히 바라보던 H가 고개를 갸웃하면서 묻는다.

H : 저 사람… 왠지 좀 낯이 익지 않아?
나 : 누구?
H : 보컬 말이야.
나 : 모르겠는데.
H : 자세히 봐봐.

보컬은 작고 갸름한 얼굴에 큼지막한 이목구비가 돋보이는 인상. 콧대가 유난히 높고 길어서 약간은 날카로워 보이기도 한다. 하지만 아무리 봐도 아는 사람 같지는 않고.

나 : 누군데? 유명한 사람이야?

H : 아니, 그게 아니라… 작년에 방콕에 왔을 때 우리 무슨 라이브 바 갔잖아.

나 : 라이브 바?

H : 유서 깊은 곳이라고 해서 찾아 갔잖아. 가이드북에 나왔다며.

나 : 아, 색소폰 펍 말하는 건가?

H : 어, 거기서 노래하셨던 분 아닌가? 중간에 우리한테 어디서 왔느냐고 물어봤잖아.

나 : 저 사람이 그 사람이라고?

H : 얼굴도 목소리도 선곡도 비슷한 거 같은데….

나는 다시 고개를 돌려 보컬을 살핀다. 우리가 작년에 봤다는 그 가수가 내게는 별다른 인상을 남기지 못한 터라 이제는 가물가물하지만, 그래도 가만히 들여다 보면 뭐가 떠오를지도 모른다는 기대를 갖고서.

잠시 후 나는 저 사람이 정말 그 사람인지 확신하지 못하면서도, 아니 사실은 그럴 리가 없다고 생각하면서도 괜히 아는 척 맞장구를 친다. H가 이런 우연을 얼마나 좋아하는지 아니까. 이런 우연이 오늘을 잊지 못할 하루로 만들어줄 테고, 우리는 두고두고 이 우연에 대해 이야기할 테니까.

나 : 그러네, 비슷한 것 같아.
H : 그치? 맞지?
나 : 어, 맞는 것 같아.
H : 대박! 어떻게 여기서 또 만날 수가 있지? 이름을 물어봐야겠어!

*

젤라토 피날레에서

맞은편에서 독서 중인 H에게 자, 들어봐 하면서 방금 내가 쓴 것을 읽는다. 『아무튼, 방콕』 원고 작업을 위한 메모들이다.

나 : 방콕은 잠시도 지루할 틈이 없다. 화려한 광경과 소박한 풍경이 씨줄과 날줄처럼 얽혀 있으며 관광객과 현지인들이 함께 만들어낸 기이한 활력과 생동감이 가득하다. 어디에 눈을 두어도 풍성하고 다채로운 도시. 동네마다 소문난 레스토랑과 카페, 개성 있는 로컬 브랜드 상점이 넘쳐나고, 그 모든 것을 놓치지 말라는 당부처럼 택시, 버스, 지하철, 지상철, 수상 보트 등의 각종 교통수단이 밤낮없이 도시의 구석구석을 누빈다.

H : 에세이라며.
나 : 응?
H : 쓴다는 게 에세이라고 하지 않았어? 방금 그건… 가이드북 같은데.
나 : 그런가?

잠시 후 나는 다시 한 번 자, 들어봐 하면서 새로 쓴 것을 읽는다.

나 : 방콕은 휴양과 관광이 모두 가능한 도시. 나처럼 아무것도 하지 않기를 바라는 동시에 뭐

라도 하지 않고서는 못 배기는 사람에게는 방콕만큼 딱 들어맞는 맞춤형 여행지는 아마도 없지 않을까 싶다. 휴양인 듯 하면서도 관광 같고 관광인 것 같으면서도 휴양 같은 그런 변칙적인 여행이 가능한 곳. 휴양이 지겨워지면 관광으로, 관광이 버거워지면 휴양으로 여행 모드를 변경해도 무방한 곳. 내게 이런 곳은 오직 방콕뿐이다."

H : 음….
나 : 이것도 아닌가?
H : 앞에 것보단 나은 것 같아.

*

사톤 선착장에서

아시아티크로 향하는 셔틀 보트를 기다리는 동안, H에게 그간의 방콕 여행 중에 특별히 기억에 남는 일이 있느냐고 묻는다. 그냥 궁금해서 묻는 것은 아니고 혹시나 괜찮은 글감을 얻을 수 있을까 싶어서 묻는 것. 그러니까 오늘도 틈틈이 이어지는 『아무튼, 방콕』작업을 위한 브레인스토밍. 집으로 돌아갈 시간이 가까워 오자 뭐라도 건져야 할 것 같은 조급한 마음이 슬며시 고개를 든다. 오직 방콕에 있을 때만 떠오를 수도 있는 이야기가 있을지도 모르니까.

H : 글쎄, 기억에 남는 일이라….

눈앞의 넘실대는 강물을 흘려보내며 한참을 골몰하던 H가 아, 있다! 하면서 입을 뗀다.

H : 차오프라야 강에서 배가 뒤집힐 뻔했던 거.

나 : 그런 일이 있었나?

H : 응, 2013년인가 2014년인가 페닌슐라 호텔에 묵었을 때. 셔틀 보트 타고 여기 선착장으로 나오는데 비바람이 엄청 심한 거야. 배가 뜨면 안 되는 날씨였던 것 같은데 아무튼 너무 흔들리니까 도중에 구명조끼가 걸려 있는 쪽으로 자리를 옮겼잖아. 혹시라도 잘못될까 봐.

나 : 그래? 우리가 그랬나?

H : 그리고 그것도 기억난다. 우리 파타야도 갔잖아.

나 : 맨 처음 방콕 왔을 때.

H : 어, 그때 1500밧인가 주고 방콕에서 파타야까지 택시로 이동을 했는데 그게 하필 총알택시여서 죽을 뻔했던 거.

나 : 에이, 죽을 뻔 하지는 않았지. 그냥 좀… 빨랐던 거지.

H : 무슨 소리야. 난 진짜 무서웠는데. 죽는 줄 알았어.

나 : 그랬구나.

H : 응, 그리고 또 있다. 거기가 하얏트였나. 호텔 사우나가 24시간 운영됐는데 내가 잠이 안 와서 되게 늦은 시간에 거길 간 거지. 거의 자정 넘어서. 근데 그게 또 그렇게 무섭더라고.

나 : 뭐가?

H : 거기에 나 혼자였거든. 갑자기 누가 들어와도 무섭고 이대로 혼자 있어도 무섭고. 아무튼 거기서 느꼈던 공포감이 잊히질 않아.

나 : ….

내가 별 대꾸를 하지 않자 H가 내 표정을 힐끗 살피더니 묻는다.

H : 왜? 재미없어?

나 : 그거 알아?

H : 뭐?

나 : 지금 말한 것들 전부 다 위협을 느꼈던 순간에 대한 거야.

H : …?

나 : 응, 어떤 식으로든 안전하지 않다고 생각했던 순간들.

H : 아, 그러네. 나는 그런 것만 기억에 남나 봐.

그 순간 이 대화를 기록해두고 싶다는 생각이 머릿속을 스친다. H가 말한 각각의 에피소드에는 별 관심이 가지 않지만 그것들을 하나로 모아놓고 보니 거기에는 확실히 나를 끄는 뭔가가 있는 것 같다. H가 세상을 바라보는 방식과 기준. 그간의 삶을 통해 형성되었을 게 분명한 성격과 태도 같은 것들.

내가 곧장 휴대폰을 열어 방금 전의 대화를 하나라도 놓칠 세라 부리나케 메모하자, H가 휴 하고 다소 연극적인 한숨을 내뱉으며 입꼬리를 끌어올린다.

나 : 왜?

H : 역시 나는 도움만 되는군.

올 때마다 테러가

잠들 때까지 맘 편히 영화나 볼 요량으로 채널을 이리저리 돌리는데 CNN에서 'Breaking News'를 전한다. 앵커와 특파원이 잔뜩 경직된 얼굴로 한 화면에 등장해 이야기를 나누고, 'van', 'Barcelona', 'terror' 같은 단어가 하단의 자막을 채운다.

저거 봐, 테러야.

나는 옆자리에 비스듬히 앉아 있는 H를 흔든다. H는 오늘 이 책을 기필코 끝내버리겠다며 전투적인 기세로 독서 중이었는데, 잠깐 눈을 들어 화면을 확인하는가 싶더니 이내 읽던 페이지에 가름줄을 끼워놓고는 그대로 책을 덮는다.

뉴스에 따르면, 현지 시각 오후 5시경 갑자기 인도로 돌진한 흰색 밴 한 대가 500미터가량을 지그재그로 질주하면서 행인들을 잇달아 들이받았다. 최소 두 명이 사망하고 여러 명이 다친 상황. (이후 공식 집계에 따른 사망자는 17명, 부상자는 100여 명이다.) 사건이 발생한 곳은 카탈루냐 광장과 람블라스 거리가 만나는 지점인데, 밴에 타고 있던 용의자가 도주한 데다 근방에서 또 다른 총격이 벌어졌다는 증언도 나오고 있어 이 일대에 접근 금지 명령이 내려졌단다.

람블라스 거리? 왠지 익숙한 게 어디선가 들어

본 적 있는 이름인 것 같아 검색해보니 들어봤을 뿐만 아니라 가본 적도 있는, 심지어 며칠을 지내기까지 한 곳이다. 10여 년 전 바르셀로나에 갔을 때 묵었던 숙소가 바로 람블라스 거리 안에 있었다.

　H에게 나 저기 가본 적 있다고, 그러니까 우리나라로 치면 명동 같은 곳이라고 아는 척을 하자, 그제야 그 거리의 열띤 분위기가 하나둘 떠오르면서 얼마나 참혹한 일이 벌어진 건지 알 것 같다. 현지인에 관광객까지 더해져 온종일 인파가 끊이질 않는 번화가 한복판에서 테러가 발생한 것이니까.

*

목격자 인터뷰가 이어지는 동안, H가 갑자기 생각났다는 듯이 묻는다.

　아, 근데 말이야. 지난 번에 우리가 방콕에 왔을 때도 어디서 테러 나지 않았어?

　테러?

　응, 그랬던 것 같은데.

　그러고 보니 우리는 반년 전 어느 날에도 오늘처럼 이렇게 방콕에 있는 호텔 방에서 'Breaking News'를 시청했다. 일어난 지 얼마 되지 않아 다소

비몽사몽한 상태였고 잠을 쫓기 위해 틀어놓은 TV에서 테러 소식이 흘러나왔지.

그날은 런던이었다. 전 세계를 무대로 하는 첩보 액션 영화에서 장소가 런던임을 알릴 때마다 으레 등장하곤 하는 '빅벤'의 전경이 뉴스 화면을 가득 메우는 가운데, 앵커가 런던 의사당 주변에서 차량과 흉기를 이용한 테러가 발생했다는 소식을 전했다. 런던 의사당 옆 웨스트민스터 다리에서 승용차 하나가 인도로 돌진해 사람들을 치었고 차에서 내린 용의자가 흉기를 휘두르며 의사당까지 잠입했다는 내용이었다. 다행히 용의자는 사살되었으나 그 과정에서 경찰 한 명이 사망하고 50여 명의 사상자가 발생한 모양이었다. 우리가 처음 소식을 접했을 때는 이미 상황이 종료된 뒤였고, 곧이어 경찰 간부로 보이는 남자가 긴급 기자회견을 통해 시민들에게 접근 금지 구역을 발표했다.

나는 그날의 런던도 그렇고 오늘의 바르셀로나도 그렇고 왜 하필 우리가 방콕에 있을 때마다 테러가 나는 건가 싶어서 H를 빤히 쳐다본다.

이 우연 뭔데? 왜 이러는 건데?

소름….

우리 이제 방콕에 오면 안 되는 거 아닌가?

그때 H가 또 하나 생각났다면서 말을 잇는다. 여기엔 정말 무슨 연관이 있을지도 모른다는 듯이 웃음기 하나 없는 얼굴로.

유럽만이 아냐. 방콕에서도 그랬잖아.

방콕?

기억 안 나? 우리 여기 있을 때 방콕에 테러 났던 거?

*

방콕에 폭탄이 터진 건 2015년 여름이었다. 몇 달 전부터 손꼽아 기다렸던 방콕행이 어느덧 사흘 앞으로 다가와 잔뜩 들떠 있는데 방콕에서 테러 소식이 들려왔다. 방콕에 머물 때마다 적어도 한 번씩은 꼭 지나쳤던 에라완 사원 앞에서, 쇼핑몰 여러 개가 모여 있어 현지인뿐만 아니라 관광객 또한 즐겨 찾는 도심한복판의 교차로에서 폭탄이 터진 것이다. 중국인, 홍콩인, 말레이시아인, 싱가포르인 등 20명이 사망하고 130여 명이 부상을 입은 대참사였다.

그리고 그다음 날 거짓말처럼 또 한 번의 테러 소식이 추가로 전해졌다. 누군가 차오프라야 강에 소형 폭탄을 투척했다는 것. 다행히 사상자는 없었지만 근처에 유동인구가 많은 사톤 선착장이 있어 하마터면 하루 사이에 또 다른 대규모 참사가 일어날 뻔한 아찔한 상황이었다. 지역 특성상 이슬람 분리주의자가 자행한 테러는 아닐 것이라는 추정이 지배적이긴 했으나 어쨌든 범인이 검거되지 않아 명확히 밝혀진 게 없었다. 주 태국 한국 대사관에서는 추가 테러 가능성을 배제할 수 없으니 위험 지역 방문은 자제해달라는 발표를 했고, 그즈음 많은 이들이 불안을 호소하며 방콕 여행을 취소했다.

하지만 우리는 기어코 방콕에 갔다. 그리고 여느 때처럼 방콕 시내를 구경했다. 심지어 며칠 전 폭탄이 터졌던, 반 토막 난 시신과 팔다리를 잃은 사람들이 즐비했다는 그 아비규환의 현장을 찾아가 추모의 묵념을 하기도 했지. 지금 생각해보면 철이 없었던 것 같기도 하고 겁이 없었던 것 같기도 한데—실제로는 사방에 깔린 경찰과 군인 덕분에 오히려 이전보다 안전한 느낌이었다.—어째서인지 그때는 어떻게든 여행을 완수하겠다는 오기가 다른 모든 감정을 제압했다. 우리의 소중한 시간을 절대로 빼앗길 수 없다는 마음. 이런 식으로 테러에 굴복하고 싶지는 않다는 마음. 그런 마음이 우리를 방콕으로 이끌었고 방콕을 더욱더 애틋하게 만들었다.

*

나는 그해의 방콕 여행을 떠올리며 사실 관계를 바로 잡는다. 방콕에 폭탄이 터진 건 우리가 한국에 있을 때였다고, 그러니 우리가 방콕에 있을 때마다 테러가 벌어진다는 법칙은 여기서 그만 폐기해도 될 것 같다고 선을 긋는다. 우리가 경험하는 우연을 우연 이상으로 격상시키고 싶은 H의 마음을 모르는 바 아니지만 그래도 아닌 건 아닌 거니까.

정말 그런가 싶은 얼굴로 기억을 더듬던 H가 이내 내 말이 맞다는 것을 깨달았는지 천천히 고개를 끄덕여 보인다. 어째 안도하는 것 같기도 하고 아쉬워 하는 것 같기도 한 표정.

근데 말이야. 그때 우린 좀 미쳤던 거 같아.

H의 입가에 고여 있던 장난기가 모두 걷혔을 때쯤 내가 말한다.

어떻게 그렇게 잘 먹고 잘 놀았던 걸까. 폭탄이 터졌던 거리를 활보하면서.

그게 무슨 소리냐는 듯이 내 쪽을 쳐다보던 H가 한참 만에 입을 뗀다.

우리 일이 아니니까.

…응?

테러 말이야. 끔찍한 일이라는 걸 머리로는 알고 있지만, 그게 구체적으로 얼마나 어떻게 끔찍한 건지 우린 실제로 느껴본 적이 없으니까.

그때 H가 이마를 가볍게 긁적이며 덧붙인다.

그리고 난 말이야. 솔직히 이제 테러 소식이 들려와도 별로 놀라지도 않아. 인터넷에 속보가 떠도 또야 또 하면서 제목만 보고 지나갈 때도 있어. 그냥 익숙해진 거야. 화내는 것도 애도하는 것도 안도하는 것도 전부 다.

….

이윽고 우리는 다시 TV로 눈을 돌린다. 앵커와 특파원이 최근 몇 년 사이에 유럽에서 벌어진 테러들을 비교 분석하며 이야기를 나누는 중이다. 차량을 이용해 민간인을 무분별하게 사살하는 방식이라는 자막과 함께 자료 화면이 이어진다. 지난해 7월 니스, 12월 베를린, 올해 3월 런던, 그리고 몇 시간 전의 바르셀로나까지. 테러는 우리가 방콕에 있을 때뿐만 아니라 방콕에 없을 때도, 아니 사실은 우리가 방콕에 있든 말든 상관없이 비일비재하게 벌어진다.

한동안 밀도 높은 침묵이 이어지는가 싶더니 H가 내 어깨에 기대며 묻는다.

내일 에라완 사당에 다시 가볼까?

나는 가볍게 고개를 끄덕인 다음 H의 머리에 내 머리를 포갠다. 뭐라도 하긴 해야 할 것 같은데 도대체 뭘 해야 하는지 알 수 없는 이 막막하고 답답한 기분을, H는 다 알고 있구나 생각하면서.

이게 마지막은 아닌데

여행의 마지막 날에는 언제나 그렇듯 쇼핑이 가장 주요한 일정이고, 우리는 '아시아티크(Asiatique)'에 간다. 아시아티크는 차오프라야 강변에 자리한 나이트 마켓으로 주로 친구나 동료를 위한 선물을 사려고 들르는 곳. 사는 사람도 받는 사람도 부담스럽지 않은 그런 다종다양한 기념품이 모여 있는 데다 열심히 발품을 팔다 보면 간혹 실제 가격보다 근사해 보이는 것들도 건질 수도 있어서 올 때마다 적지 않은 시간을 보낸다.

하지만 오늘은 어찌 된 일인지 이곳에 도착한 지 채 한 시간도 지나지 않았는데 계획한 쇼핑을 모두 마쳤다. 로컬 브랜드 바디용품이나 핸드메이드 액세서리처럼 애초에 사야 할 품목이 정해져 있기도 했거니와 입점해 있는 가게 중 극히 일부만 영업 중이어서 둘러볼 만큼 둘러봤는데도 그리 오랜 시간이 필요치 않았다.

시간을 확인해보니 오후 3시. 그다음 일정까지—여행의 마지막 날 마지막 식사인 만큼 미슐랭 원스타에 빛나는 '남(Nahm)'을 예약했다.—무려 세 시간이나 남았다. 5시까지 이곳에 머물 생각이었던 우리로서는 더는 구경할 것도 없고 구경하고 싶은 것도 없는 이 어정쩡한 상황이 조금 당황스럽다.

이제 어쩌지?

H가 선착장 앞의 카페와 식당을 둘러보다 묻는다.

그냥 저런 데 들어가 있어야 하나?

글쎄….

나는 구글맵을 켜고 그간 저장해둔 노란색 별표들을 뒤적인다. 정보를 찾고 일정을 짜고 동선을 정리하는 건 전적으로 내 담당인지라 근처에 지금 당장 가볼 만한 곳은 없는지, 남은 시간을 보내기에 적당한 곳은 없을지 살펴본다. 세 시간이면 차이나타운이나 아속, 통로 지역에 다녀오는 것도 무리가 없을 듯해서 점점 선택지가 늘어난다.

*

긴급 플랜 A. 일단 지도에서 제일 먼저 눈이 가는 건 '더 잼 팩토리(The Jam Factory)'이다. 더 잼 팩토리는 사무실, 레스토랑, 서점, 카페, 갤러리 등을 한자리에 모아놓은 복합문화공간인데 최근 1, 2년 사이에 이곳에 대한 포스팅이 부쩍 자주 보여서 저장해두었던 곳이다. 갔더니 성수동이나 한남동의 상점들과 크게 다르지 않더라는 후기도 여럿 읽었던 터라 살짝 망설여지지만 그래도 방콕이 자랑하는 최신의 감각이라는 평이 자자하니 한번쯤 직접 확인해보는 것도 좋을 것 같다. 아시아티크에서도 그리 멀지 않아서 마음만 먹으면 금방 다녀올 수 있을 듯하다.

긴급 플랜 B. 어차피 택시를 타고 이동할 테니 아예 통로나 에까마이 쪽으로 넘어가도 좋을 것 같다. 내가 즐겨 찾는 어떤 블로그 운영자가 방콕에서 마셔본 커피 중 단연 최고라며 극찬한 '카이젠 커피(Kaizen Coffee)'와 인테리어며 디스플레이가 힙 그 자체라고 야단을 떨었던 '더블유더블유에이 츄스리스 카페(WWA Chooseleess), 그리고 자신의 소울푸드가 김밥에서 치킨 라이스로 바뀐 곳이라며 추천한 '분 통 끼앗(Boon Tong Kiat)'까지, 그간 궁금했던 가게들이 모두 그쪽에 모여 있다. 지난 여행을 통째로 통로에 바쳤는데도 아직 못 가본 곳이 많아서 여전히 미련이 남는 동네.

긴급 플랜 C. 우리는 '팁사마이(Thipsamai)'도 가야 한다. 팁사마이는 방콕에서, 아니 어쩌면 전 세계에서 가장 유명한 팟타이집이 아닐까 싶은데, 방콕에 처음 온 사람도 꼭 들른다는 필수 코스이건만 어찌 된 일인지 우리는 아직 한 번도 가보질 못했다. 인연이 없어도 참 없구나 싶어서 이번에는 잊지 말고 꼭 가보자는 생각으로 따로 메모까지 해놓았는데 막상 방콕에 와서 부족함 없이 먹고 마시고 놀다 보니 내가 이런 메모를 해놓았다는 사실조차 까맣게 잊고 있었다.

*

미안한데… 플랜 A도 싫고 B도 싫어. 그리고 C도 별로야.

　　H는 한동안 곰곰 생각하는 눈치더니 내 제안을 모두 물리친다. 더 잼 팩토리는 너무 잘 꾸며놓은 것 같아서 부담스럽고, 통로나 에까마이는 너무 멀어서 부담스러우며, 팁사마이는 너무 유명한 것 같아서 부담스럽단다. 물론 부담스럽다는 건 모두 핑계일 뿐, H가 이런 말을 장황하게 늘어놓는 건 그냥 내키지 않아서라는 걸 내가 모를 리 없다. 나는 순간 욱해서 어째서 그런 게 다 부담이냐고 따져 묻고, H는 싫은 것에 무슨 이유가 있겠느냐며 순순히 물러서지 않는다. 이런 식이라면 뭘 하더라도 별로일 것 같은 예감.

　　그거 알아? 지금 가자는 데가 다 식당 아니면 카페인 거?

　　H가 피식 웃으며 묻는다.

난 아직 소화도 안 됐어. 여기서 뭘 더 먹는 건 진짜… 진짜….

진짜 뭐.

부담이라고.

….

듣고 보니 그렇다. 우리는 이곳으로 출발하기 직전에 호텔 근처에 있는 '퀸 오브 커리(Queen Of Curry)'에서 점심을 먹었고, '티 앤 타이 커피(Tea and Thai coffee)'에서 커피를 마셨으며, '젤라토 피날레(Gelato Finale)'에 들러 아이스크림까지 테이크 아웃했지. 그리고 세 시간 뒤에는 저녁을 먹어야 한 다. 그것도 그냥 저녁이 아니라 약간의 허기와 공복 이 필수적일 만큼 비싼 저녁을.

게다가 우리는 지금 짐을 한 보따리 들고 있다. 핸드크림이며 보디오일이며 디퓨저며 이것저것 주워 담은 것들이 대부분 액체류라서 손이 꽤 무겁다. H 가 이걸 잊었느냐는 듯이 플라스틱 백을 어깨높이로 들어 올리는데, 플라스틱 백은 저 손에만 들린 게 아 니라 내 손에도 들려 있고, H의 말마따나 이 모든 것 을 싸 들고 식당이며 카페며 돌아다니는 건 아무래도 좀… 부담스러울 것 같다.

*

그리하여 우리는 H가 제안한 긴급 플랜 D를 선택한
다. 긴급 플랜 D는 아무 데도 들르지 않고 그냥 곧바
로 호텔로 돌아가는 것. 짐 정리를 하고 수영장이나
사우나에서 뭉그적거리다 보면 금방 6시가 될 테니
그냥 호텔에 있자는 게 H의 의견이다. 레이트 체크
아웃 혜택을 받은 만큼 호텔에서 조금이라도 더 쉬는
게 결국 남는 게 아니겠느냐는 지극히 호캉스 애호가
다운 논리.

나는 이대로 호텔로 돌아가는 건 왠지 좀 아쉽
지만 싫다는 사람을 억지로 끌고 다니는 것보다야 이
쪽이 여러모로 나은 선택인 것 같아서 순순히 H의 말
을 따르기로 한다. 어딜 가네 마네 하면서 실랑이를
벌였더니 살짝 피곤해지는 감도 없지 않다.

아시아티크 앞 횡단보도에서 택시를 기다리는데
H가 묻는다.

이제 방콕 안 올 거야?

나는 무슨 말인가 싶어서 H를 쳐다보고, H는
내가 못내 아쉬워하는 게 신경 쓰이는지 아니잖아,
다음이 있잖아 하면서 어깨를 툭 친다. 이제부터는
내 비위를 맞춰야 한다는 걸 본능적으로 아는 H.

다음번엔 초심으로 돌아가보자고.

초심?

응, 관광 모드로 오자고. 계획 세워서 하루에 식당 세 개, 카페 세 개씩. 아까 말한 데도 싹 다 돌아보자.

그럴까?

그러자.

나는 우리가 퍽이나 그러겠다 싶으면서도 일단은 고개를 끄덕여 보인다. 우리에겐 다음이 있다는 H의 그 말이 내게는 약속 같기도 하고 믿음 같기도 하니까. 그다음이라는 게 정확히 언제가 될지는 알 수 없지만, 그때가 되면 나는 또 뭔가를 하려고 부단히 애를 쓰고 H는 그런 내 강박을 피곤해하며 퉁을 주겠지만 어쨌든 우리는 방콕을 다시 찾을 테니까.

이윽고 우리 앞에 택시가 멈춰 선다. 이대로 호텔로 돌아가기로 한 건 아주 현명한 선택이라는 신호처럼, 아니 다음 방콕 여행은 이번 여행보다 훨씬 더 좋을 거라는 예고처럼, 내가 좋아하는 핑크색 택시다.

우리가 우리일 수 있을 때까지

수완나품 공항의 출국 심사대는 그야말로 초만원이다. 보안 검색대를 지날 때부터 어째 좀 심상치 않다싶긴 했는데 아래층으로 내려와보니 차단 벨트봉을 4단으로 이어놓았을 정도로 사람이 한가득이다. 아무래도 테러의 여파로 보안 검색뿐만 아니라 출국 심사까지 까다로워진 게 아닐까 싶다. 여기에 한동안 갇혀 있을 생각을 하니 숨이 턱 막히고 뒷목이 뻣뻣해진다.

벨트 안으로 들어선 우리는 앞사람을 따라서 아주 가끔씩만 발을 뗀다. 기다리는 데 젬병인 H는 사람이 이렇게까지 안 빠지는 건 뭔가 문제가 있는 거라며 자꾸 고개를 길게 빼고 앞을 살피는데, 나는 그걸 안다고 해서 뭐가 달라질까 싶은 생각에 관심을 끄기로 한다. 문제가 있든 없든, 그게 진짜 문제든 아니든 국경을 넘기 위해서는 이 기나긴 줄을 얌전히 견디는 것 말고는 달리 방법이 없으니까.

얼마쯤 지났을까. 주변 사람들의 말소리가 하나 둘 귓가에 꽂힌다. 인천행 비행기 서너 대가 10여 분 간격으로 비슷하게 출발할 예정이어서 그런지 벨트 안에 유독 한국 사람이 많다. 내 앞에 새까맣게 그을린 피부를 자랑하며 민소매 티셔츠를 맞춰 입은 커플도, 그 앞에 제 몸집만 한 배낭을 짊어진 남학생

도, 그리고 그 앞에 동창회인지 반상회인지는 모르겠
으나 어떤 모임 소속이라는 건 분명해 보이는 한 무
리의 어머님들도 모두 한국 사람이다. 행여나 서로를
잃어버릴까 봐 두 손을 꼭 붙잡고 있는 저기 저 노부
부도 한국 사람인 것 같고.

*

그때 문득 머릿속을 스치는 질문 하나. 우리는 과연
언제까지 방콕을 찾게 될까? 방콕에 대한 우리의 애
정은 언제까지 지속될까? 내년일까? 아니면 후년일
까? 그것도 아니면 5년 뒤? 10년 뒤?

기한을 한정하기엔 왠지 모르게 자존심이 상하
고, 이대로 영원할 거라고 자신하기엔 그게 또 내 진
심은 아닌 것 같아서 선뜻 답을 내릴 수가 없다. 나는
우리가 방콕을 찾지 않게 될 가능성에 대해 생각하다
가 문득 H의 생각이 궁금해진다. H는 방콕에 대한
우리의 애정을 얼마큼 자신할까? 우리의 방콕 여행을
언제까지라고 예측할까?

하지만 이렇게 곧이곧대로 물었다가는 괜한 오
해나 의심을 살 수도 있을 것 같아서, 그러니까 그 물
음이라는 게 자칫 잘못하면 나는 이제 방콕이 지겹

다는 고백이나 방콕에 대한 애정이 예전 같지 않다는 실토처럼 잘못 읽힐 수도 있을 것 같아서, 나는 입 안에 맴도는 질문을 다른 모양으로 곱씹어본다. 결국 내가 확인하고 싶은 건 우리에게 방콕이 갖는 의미일 테니까.

있잖아, 우리한테 방콕이 왜 특별한 거지?

여권에 찍힌 도장을 살피던 H가 그게 무슨 소리냐는 듯이 눈을 든다. 내가 듣기에도 참 난데없다 싶어서 겸연쩍어지는 질문.

방콕은 이미 많이 와봤잖아. 지겹게 와봤잖아.

그치.

근데 왜 계속 오게 되는 걸까? 물가 때문에? 아니면 호텔? 날씨? 음식? 정말 그런 거 때문인가? 그게 전부인가?

애가 또 왜 이러나 싶은 얼굴로 나를 빤히 쳐다보던 H가 글쎄 하면서 생각에 잠긴다. 아무리 고민해봐도 그럴듯한 이유 같은 건 떠오르지 않는 건지 아니면 뭐가 떠오르기는 하는데 그게 죄다 성에 차지 않는 건지 자꾸 입술만 달싹이는데, 맥락도 모르면서 엉겁결에 머리부터 굴리고 있는 H를 보고 있자니 나는 괜히 또 웃음이 난다.

*

H가 다시 입을 연 건 출국 심사를 기다리는 줄이 절
반 가까이 줄어들었을 때다. 우리 뒤로 새로이 길게
늘어선 줄을 일별하다가 다시 휴대폰을 만지작거리
는데, 한동안 우두커니 허공을 응시하던 H가 아까 전
내 질문에 대한 답을 찾았다며 입꼬리를 끌어올린다.

방콕은 말이지.

응, 방콕은.

우리의 공통점인 거지.

공통점?

H가 내 쪽으로 완전히 몸을 틀더니 말을 잇는다.

우리는 겹치는 게 별로 없잖아. 난 해산물을 좋
아하지만 넌 비린 건 딱 질색이고, 난 막걸리를 좋아
하지만 넌 숙취가 심하다면서 꺼리고. 또 뭐가 있더
라. 그래, 난 역사책 읽는 게 좋은데 넌 그런 건 고루
하다며 조금도 관심이 없고, 난 옛날 드라마를 다시
보는 게 좋은데 넌 유치하고 시간 아깝다고 뭐라고
하잖아.

맞아, 그런 편이지.

그런데 이런 우리가 방콕은 동시에 좋아한단 말
이지. 이런 건 진짜 흔치 않은 거잖아. 정말 귀한 거

잖아. 안 그래?

H의 말마따나 우리는 하나부터 열까지 다른 사람들이다. 입맛, 생활 패턴, 문화적 취향, 그리고 사회적 관심사까지 뭐 하나 확실하게 겹치는 게 없다. 물론 오랜 시간 맞춰온 덕분에 점점 닮아간다는 느낌도 없지 않고, 처음 만났을 때와 비교해보면 많이 비슷해졌다는 생각이 들기도 하지만, 여전히 우리에게는 누군가 그건 착각일 뿐이라고 일갈하는 것 같은 순간이 비일비재하다. 이렇게 다른데 어떻게 함께인 걸까 의아해지고 아연해지는 순간들. 세상에서 나와 가장 가까운 사람이 나와 가장 다른 사람이라는 걸 실감하는 순간들.

생각해보면 우리에게 방콕은 그 모든 차이와 균열의 순간들을 봉합해주는 무엇이다. 우리가 함께 좋아하고 설레는 거의 유일한 무엇. 거의 유일하기에 더없이 소중하고, 더없이 소중하기에 오랫동안 최선을 다해 가꿔나가고 싶은 무엇.

*

그래서일까. 나는 우리가 매년 방콕을 찾는 게 우리를 하나로 묶어주는 단합대회 겸 포상휴가 같다는 생

각을 한다. 방콕을 여행함으로써 우리는 우리만의 과
거를 추억하고 현재를 점검하며 내일을 약속하려는
게 아닐까. 그동안 우리가 서로를 위해 알게 모르게
애써온 모든 것을 치하하고, 이제껏 잘 지내온 것처
럼 앞으로도 잘 지내보자고 서로를 격려하고 응원하
는 게 아닐까. 우리가 우리이기를 포기하지 않도록.
우리가 계속 우리일 수 있도록.

　　그러니 우리는 과연 언제까지 함께 방콕을 찾게
될 것인가, 라는 처음의 우문은 이렇게 살짝 수정하
는 게 좋을 것 같다. 우리는 과연 언제까지 함께 방콕
을 찾고 싶은가. 언제까지 함께 방콕을 좋아하고 싶
은가. 왜냐하면 무언가를 좋아하는 일은 수동이 아닌
능동의 세계에서만 가능한 일이니까. 능동이어야 비
로소 진심을 다해서, 전력을 다해서 좋아할 수 있을
테니까.

　　그렇다면 대답은 간단해진다. 아마도 우리는 우
리일 수 있을 때까지 방콕을 찾지 않을까. 만약 우리
가 더는 방콕을 찾지 않는다면 그건 우리가 더는 우
리이기를 원치 않는다는 뜻이 아닐까. 그때의 우리는
지금의 우리와는 완전히 다른 사람들이지 않을까.

　　나는 우리가 오래오래 방콕을 좋아하면 좋겠다.
내년에도, 후년에도, 5년 뒤에도, 10년 뒤에도, 서로

를 잃어버릴까 봐 두 손을 꼭 붙잡아야 하는 그런 나이가 되더라도 함께 방콕을 여행하면 좋겠다.

그리고 H도 나와 같은 마음이면 좋겠다.

나를 만든 세계, 내가 만든 세계
'아무튼'은 나에게 기쁨이자 즐거움이 되는,
생각만 해도 좋은 한 가지를 담은 에세이 시리즈입니다.
위고, **제철소**, **코난북스**, 세 출판사가 함께 펴냅니다.

아무튼, 방콕

초판 1쇄 2018년 4월 19일
초판 5쇄 2023년 2월 1일
지은이 김병운
펴낸이 김태형
펴낸곳 제철소
출판등록 제2014-000058호
전화 070-7717-1924
팩스 0303-3444-3469
제작 세걸음

right_season@naver.com
instagram.com/from.rightseason

ⓒ김병운, 2018

ISBN 979-11-88343-07-2 02810